Grito

Narrativa
contemporánea

Berg, Eric

    Grito / Eric Berg ; traductora Olga Martín Maldonado. -- Editora Margarita Montenegro Villalba. -- Bogotá : Panamericana Editorial, 2016.

    176 páginas ; 22 cm.

    Título original : Schrei.

    ISBN 978-958-30-5158-6

    1. Novela juvenil alemana 2. Amistad - Novela juvenil 3. Misterio - Novela juvenil 4. Miedo - Novela juvenil I. Martín Maldonado, Olga, traductora II. Montenegro Villalba, Margarita, editora III. Tít.

833.91 cd 21 ed.

A1519941

    CEP-Banco de la República-Biblioteca Luis Ángel Arango

Segunda reimpresión, mayo de 2017
Primera edición en Panamericana Editorial Ltda., abril de 2016
Título original: *Schrei*
© 2015 por bloomoon, un sello editorial de arsEdition GmbH, Múnich –todos los derechos reservados–
© 2015 Eric Berg
© 2016 Panamericana Editorial Ltda., de la versión en español
Calle 12 No. 34-30, Tel.: (57 1) 3649000
Fax: (57 1) 2373805
www.panamericanaeditorial.com
Tienda virtual: www.panamericana.com.co
Bogotá D. C., Colombia

Editor
Panamericana Editorial Ltda.
Edición
Margarita Montenegro Villalba
Traducción del alemán
Olga Martín Maldonado
Diseño de carátula y guardas
Martha Cadena
Fotografías de carátula y guardas
© Vrender/iStock; © Eky Studio/Shutterstock; © Dark Moon Pictures/Shutterstock; © Juli Hansen/Shutterstock; © ADA_photo/Shutterstock
Diagramación
Martha Cadena

ISBN 978-958-30-5158-6

Impreso por Panamericana Formas e Impresos S. A.
Calle 65 No. 95-28, Tels.: (57 1) 4302110 - 4300355. Fax: (57 1) 2763008
Bogotá D. C., Colombia
Quien solo actúa como impresor.

Impreso en Colombia - *Printed in Colombia*

Grito

Eric Berg

Traducción OLGA MARTÍN MALDONADO

PANAMERICANA
EDITORIAL
Colombia • México • Perú

A Toni Richter

FUE UNA CAGADA. Es lo primero y lo último que se me viene a la cabeza al pensarlo. Lo que pasó con Lulú y los demás fue una cagada. "Pero qué falta de originalidad, ¿no se te ocurre nada más, un poco de consternación o arrepentimiento?", pero así es. ¿Qué puedo decir? No me dan ganas de ponerme a reflexionar al respecto: cómo, qué y por qué, si actuamos bien o mal, lo que podría haber sucedido si... etcétera. Dirán que soy frío o insensible, pero qué más da, simplemente no quiero saber más del asunto, ¿bueno? ¡Ya déjenme en paz!

***

Algunos dicen que los tipos como yo tenemos la culpa de que las cosas lleguen a ese extremo. La gente que no sabe nada del asunto es tan inteligente, inteligentísima. Es tan fácil preverlo todo con posterioridad, y los demás y yo parecemos unos cobardes o unos idiotas. Averígüenlo ustedes, a mí me da igual. En serio, no puedo oír una palabra más sobre el tema.

***

No es como con los incendiarios o esas cosas. No hubo nadie que sostuviera el encendedor bajo las cortinas para que todo ardiera. Es más bien como... como... como con un puente, sobre el cual pasan cien mil camiones, que se cae de repente. ¿Puede decirse que el camión número 16 915 tuvo la culpa? ¿O el 67 282? ¿O el 99 999? Como que no, ¿verdad?

***

Yo no estaba ahí cuando sucedió. No me enteré de nada y fui uno de los últimos en saberlo. Estaba en el parque de *skate*, que queda un poco alejado del edificio del colegio. Ahí hay muchos árboles protegiendo la diversión de la cara seria de la vida. Al principio estaba completamente solo, después llegó Simón: un tipo curioso y bastante raro. Nunca he tenido mucho que ver con él, pero domina la tabla, y eso es lo más importante en el parque de *skate*, ¿no? Ese día no hablamos casi, como de costumbre (con Simón nunca se habla mucho), pero de todos modos me di cuenta de que le pasaba algo. Trataba la tabla como si quisiera hacerle daño, y ese día no entrenó demasiado, lo cual me sorprendió, pues era considerado como uno de mis rivales más duros en el futuro campeonato escolar. El campeonato que nunca tuvo lugar... ¡Mierda! Una hora después me contaron lo que había pasado.

***

El rector nos mandó a todos a casa. Cerraron el colegio y dijeron después que tal vez para siempre. Nunca olvidaré la cara de amargura del rector cuando nos dijo con labios fruncidos: "Eso les pasa". Es cierto que yo nunca he sido un gran admirador del colegio en general, ni de la Casa Lombardi en particular, con sus profesores y su rector, pero lo que el tipo demostró en ese momento fue realmente impactante. Yo habría querido gritarle: "¡Mira quién habla, burgués de mierda!", pero, por un lado, no habría sido lo más indicado (en realidad no soy tan insensible como algunos dicen) y, por otro, habría sonado como una represalia barata, por aquello de las culpas y esas cosas. Todos tuvimos la culpa… y ninguno.

Ya, no pienso decir nada más.

Capítulo **1**

LULÚ ABRIÓ LOS OJOS. Por un instante no supo dónde estaba. Vio el paisaje que pasaba veloz a su lado: árboles, ovejas, praderas, postes de electricidad. Entonces se acordó. Iba en el tren. El traqueteo y el chirrido de los frenos se habían colado en su pesadilla.

Se frotó el rostro, agotada. Se sentía completamente extenuada. Aquel mes de agosto era implacable. El calor de un verano entero parecía haberse condensado en el tren, y Lulú tenía la cara cubierta de gotas de sudor. Una mirada por la ventana le reveló que todavía faltaba al menos media hora para llegar a su destino. ¿Su destino? No lo era en realidad, ¿o sí?

Árboles, ovejas, praderas, postes de electricidad y ese calor. Los ojos volvieron a cerrársele, aunque esa no era su intención. ¿Estaba soñando o pensando cuando le vinieron a la mente las imágenes del final del último año escolar? ¿Tenía eso importancia acaso? El anterior año escolar había sido un viaje infernal en el que no quería pensar y con el que no quería soñar. Las imágenes cambiaban. Su papá apareció de repente en su sueño, después su mamá.

"¡No pienso regresar!", se oyó gritarles, pero los dos se limitaron a menear la cabeza, sordos ante cualquier argumento que les presentara. Por más fuerte que gritara, ellos simplemente no la oían. Entonces se dieron media vuelta y se marcharon. "¡No puedo, no puedo!", gritó y se despertó. Le ardía la garganta.

¿Cuántas veces había tenido esa discusión con sus papás en la realidad? Todavía podía oír a su papá hablando del dinero de la matrícula, que ya había pagado, y a su mamá hablando de la mejor educación que se podía recibir en el país, pero a ella nadie la había escuchado. Ni en la realidad ni en el sueño.

Ahora regresaba, una semana antes de que terminaran las vacaciones, a la Casa Lombardi y al gran problema con el que se debatía desde hacía meses.

"¡Basta, Lulú! Te habías prometido que no volverías a pensar en eso".

Sin embargo, es más fácil decirlo que hacerlo. Pues no solo se trataba de lo que *había* pasado, sino de lo que *podía* pasar, del futuro, y el futuro no le producía un buen presentimiento. ¿Cómo debía llamarlo? ¿Sensación, intuición? En todo caso, tenía miedo de que todo se viniera abajo, sin poder decir qué era lo que le atemorizaba.

Los frenos volvieron a chirriar, hiriéndole los oídos, sacándola de sus pensamientos. En el último instante vio el letrero de Sommerfeld[1].

—¡Mierda!

Agarró la maleta y corrió a toda prisa por el tren, chocó contra un par de pasajeros, gritó "Lo siento" una y otra vez y logró bajar al andén justo antes de que la puerta se cerrara sonoramente a sus espaldas.

Un silencio tremendo se posó sobre la estación después de que el tren se alejara. No soplaba ni un vientecillo.

---

1. Alemania.

El paisaje era una imagen estática: maizales, pinares, rastrojales, un pueblo a lo lejos, la avenida de álamos que llevaba al internado sobre una loma. Ningún alma a la vista, aparte de una jefa de estación de gorra roja que desapareció en su caseta. Un nubarrón negro se aproximaba en el cielo. Lulú deseaba refrescarse, o que al menos lloviera y se limpiara el aire húmedo.

Sin embargo, no justamente cuando estuviera recorriendo el corto camino hacia la Casa Lombardi.

Entonces decidió esperar a que cayera el chaparrón y resguardarse junto a la caseta. Al dar la vuelta alrededor de la construcción cuadrada, pudo atisbar, de repente, entre el centelleo del calor, que la estación no estaba tan desierta como había creído. En el otro extremo del andén vio los contornos desdibujados de una chica más o menos de su misma edad, sentada encima de la maleta e inclinada sobre un bloc de dibujo.

Lulú sintió que una ola de alivio la invadía. Por primera vez en ese día se sentía realmente bien.

—¡Jenny! —gritó—. ¡Hola! ¿Qué estás haciendo aquí?

Capítulo **2**

LULÚ CORRIÓ AL ENCUENTRO de su mejor amiga, cargando la maleta en una mano y saludando alegremente con la otra. Jenny no reaccionó.

—Hola... —repitió Lulú con voz insegura al acercarse a su amiga.

Jenny no alzó la mirada. Dibujaba, y su largo pelo liso y rojo casi tocaba el bloc. Cuántas veces no la había visto Lulú en esa postura. Dibujar era su pasión, pero ese día había algo distinto. Jenny solía tomarse mucho tiempo para dibujar sus motivos. Sí, a veces necesitaba dos o tres minutos para hacer un solo trazo, pero su lápiz se movía ahora tan rápido como la aguja de un sismógrafo, y lo que estaba dibujando... un chico que se arrojaba delante de un tren en movimiento, era un poco tétrico.

Entonces alzó la mirada tras unos segundos de vacilación. Una sonrisa se dibujó en su rostro al ver a Lulú. Se levantó de un brinco y la abrazó.

—¡Hola, Lulú!

—Hola, tú. Veo que tampoco podías soportar más tiempo en casa. De todos modos, ¿qué haces aquí, en el andén de la estación?

—Dibujar. Estaba inspirada.

—Eso veo. Un suicida... Un motivo bastante tétrico, ¿no crees?

—No siempre se pueden dibujar paisajes. ¿Cómo vas? Un poco mejor que antes de salir a vacaciones, espero.

Lulú sabía perfectamente a qué se refería Jenny, pero no quería hablar de eso. No por ahora.

—Más o menos.

—Ven, vámonos.

—Espera. La tormenta…

—Se alejará.

Así era Jenny: siempre espontánea, nunca le daba demasiadas vueltas a nada, aunque era muy inteligente. Una especie de Pipi Calzaslargas[2] adolescente, pero vestida a la moda. El que fuera un año menor que Lulú no tenía ninguna importancia para ninguna de las dos, aun cuando tenían pocas cosas en común, en realidad: Jenny dibujaba, Lulú cantaba. Jenny era más bien bajita y poco atlética, Lulú era alta, delgada y una corredora estrella. A Jenny le gustaban los tipos raros como Simón, a Lulú los galanes como Lars. ¿Qué las unía entonces? Simplemente se caían bien. ¡Ese era el secreto!

Emprendieron el camino y Jenny tuvo razón una vez más: la tormenta no se acercó, pero tampoco se alejó. Se mantuvo a cierta distancia, como si estuviera al acecho, esperando el momento preciso. Una sombra plomiza se había posado sobre los campos y los truenos bramaban como un oleaje intenso. De los nubarrones grises y negros caían rayos, tan lejos que podían considerarse hermosos, pero tan cerca como para presentir su fuerza mortal. Caminaron primero por la avenida de los álamos, pero Jenny dobló de repente por un sendero que llevaba al pueblo.

---

2. Personaje literario creado por la escritora sueca Astrid Lindgren.

—Quiero comprar un par de cosas —explicó—. Algo para picar y beber.

Sommerfeld, aquel pueblo rodeado de bosques y cultivos de papas, despertaba en muchos citadinos una ligera sensación de tristeza. A la mayoría de las casas no les habría venido mal una nueva capa de pintura… o simplemente pintura. Una iglesia evangélica espantosa, un taller de mecánica y una tiendita familiar eran las grandes atracciones. De los cerca de doscientos habitantes, no había casi ninguno en la calle en aquel caluroso mediodía de agosto. Un mecánico barrigón estaba reparando una motocicleta junto con su aprendiz, una anciana cortaba las flores marchitas de su jardín y reinaba un silencio absoluto.

—Eso debe ser lo que llaman "idílico" —dijo Lulú, que solo pasaba por el pueblo cuando salía a correr.

La vida rural no le interesaba. Había pasado su infancia y su juventud en Berlín hasta cuando sus papás la enviaron a la Casa Lombardi, dos años atrás. Los pueblitos, los bosques y los campos no le gustaban, le producían incluso un poco de miedo. Esto se debía a la gigantesca ausencia de ruido. Para la chica capitalina acostumbrada al barullo de voces y al estruendo del tránsito, los cantos de los pájaros, el susurro del viento y el crujido de los árboles no eran una interrupción del silencio sino su acentuación. A eso se le sumaba un crepúsculo mortecino y fantasmal que se había posado sobre el pueblo: las sombras de los nubarrones.

—¡Mierda! —dijo Lulú al sacudir el pomo de la puerta de la tienda. Después alzó la mirada al reloj de la iglesia. Eran casi las dos y los habitantes de Sommerfeld hacían la siesta de dos a tres—. Odio los pueblos —murmuró.

Al darse la vuelta se encontró frente a un chico de su edad. Era del pueblo. Alto, flaco y rubio, con el pelo partido por la mitad y bozo en el labio superior. Vestía un overol. Así se había imaginado ella siempre a los aprendices de mecánico.

—Hola. Me llamo Lennart.

Lulú estaba tan sorprendida que no pudo ni musitar palabra. Conocía al chico únicamente de vista; alguna vez él había encontrado una llave que se le había perdido a Lulú y se la había devuelto, pero no le agradaba. ¿Por qué? No lo sabía. Había algo perturbador en él… en su mirada… tan fija, tan penetrante…

—Hola —logró decir finalmente.

—¿Tú?

—¿Qué?

—¿Cómo te llamas?

—Yo… Eh… Lulú.

No preguntó por el nombre de Jenny.

—Lulú —susurró el chico, como si fuera el título de una canción de moda—. Lulú… Lulú… ¿Es un apodo?

—Sí.

—¿Cómo te llamas en realidad?

—Solo mi abuela me llama por mi verdadero nombre.

—Yo me llamo Lennart.

—Ya lo dijiste. Que estés bien. —Tiró de la manga de Jenny—. Vámonos.

—Querían comprar algo, ¿cierto? —preguntó él, aunque las dos se habían alejado ya un par de pasos.

—Sí, pero está cerrada —dijo Lulú—. Adiós.

—Yo puedo abrirles.

—¿Abrirnos?

—Para mí esto es pan comido, soy mecánico y la vieja dueña no se dará cuenta de nada.

—¡Genial! —dijo Jenny—. Unas botellitas de licor no me vendrían nada mal, ni tampoco me vendrían mal unos refrescos, y unas papitas y...

—Jenny —la interrumpió Lulú—. ¡Sería un robo!

—Qué va. Podemos dejar el dinero en el mostrador.

—Pero eso no se hace, de todos modos.

Mientras Lulú discutía con Jenny, Lennart había logrado su cometido. La puerta de la tienda estaba abierta.

—¡Adelante! —les gritó emocionado—. ¿Qué se les ofrece?

Quizá Lulú le habría seguido la corriente si hubiera sido alguien que le cayera bien, pero ese no era el caso.

—No cuentes conmigo, Jenny, pero tú puedes hacer lo que quieras, claro —dijo y retrocedió.

El chico la alcanzó tras unos cuantos pasos.

—Lo hice con la mejor intención —comentó con tristeza, y Lulú sintió un poquito de lástima de repente.

Tal vez no había sido del todo justa. Probablemente él no tenía mucho más qué hacer en la vida aparte de hurgar motores y abrir la puerta de la tiendita familiar. Entonces le sonrió amablemente.

—Está bien, no te preocupes —le dijo.

Se disponía a seguir adelante, pero él le cerró el paso.

—Déjame compensarte. ¿Qué tal una vuelta en la motocicleta?

—No, gracias.

—¿Una comida en la pizzería?

Lulú negó con la cabeza. Todo aquello le resultaba terriblemente irritante de repente: el calor sofocante, la maleta pesada, la tormenta que rugía a lo lejos, la tienda cerrada, dos campanazos de la torre de la iglesia, aquel chico enervante… Añoraba su habitación en la Casa Lombardi, una ducha fría y una hora de tranquilidad sobre las sábanas blancas y limpias. Si ya fuera de noche, si ya hubiera pasado la última semana de vacaciones, si ya hubiera superado el comienzo del año escolar, entonces tendría ya dieciocho años y podría hacer lo que quisiera… ¡empezando por dejar el detestado colegio!

—Escucha… Eh…

—Lennart —dijo el chico.

—Lennart. Seguramente eres un hombre encantador, pero yo tengo novio. De modo que las cenas románticas o los paseos en moto no son muy buena idea, ¿entiendes?

Aunque no estaba de buen humor, la negativa de Lulú había sido amable y él la dejó ir finalmente, pero se quedó mirándolas a las dos hasta que desaparecieron. Jenny iba delante, silenciosa, y Lulú la seguía sin ganas. La tormenta continuaba rugiendo. Sobre el bosque pendía un nubarrón grisáceo y el aire estaba aún más sofocante. El polvo se alzaba a lo lejos, sobre las praderas. Unos cuantos centenares de metros más allá apareció el edificio del colegio: una casa señorial tradicional. Cada vez que Lulú volvía a verla por primera vez después de cierto tiempo, la invadía un escalofrío depresivo. Un par de gotas cayeron del cielo, sin que lloviera de verdad. Tenía la camiseta sudada, los mechones de pelo pegados a la frente, una de las ruedas de la pesada maleta no rodaba bien, y Lulú había dado el día por perdido. Lo peor era que probablemente sería uno de los mejores de aquella época. Habría querido correr a sentarse a la sombra de un árbol y echarse a llorar para desahogar toda la frustración y el desaliento que la embargaban, pero uno no podía espantar o aliviar el futuro con las lágrimas, solo podía afrontarlo. Entonces se armó de valor para recorrer los últimos metros que faltaban para llegar a la Casa Lombardi.

Las dos amigas entraron en uno de los modernos edificios adyacentes, reservado para las chicas. Ahí se separaron sus caminos. En la cómoda Casa Lombardi las mayores de dieciséis años tenían habitaciones individuales.

—¿En serio no quieres hablar? —preguntó Jenny antes de despedirse.

Lulú negó silenciosamente con la cabeza y forzó una sonrisa:

—Gracias de todos modos.

Después de cerrar la puerta, una sensación de extrañeza la invadió por primera vez en el tiempo que llevaba en el internado: "no pertenezco a este lugar". Era extraño. Al principio se había rebelado contra el internado, que quedaba en el fin del mundo, pero después se había integrado bastante bien. Es más, y para su sorpresa, se había convertido en una de las chicas populares, y después incluso en una de las que llevaban la batuta, sin proponérselo: capitana del equipo femenino de voleibol, representante de los estudiantes, redactora del periódico escolar. Dado que sus notas eran buenas, pero no excelentes, no era considerada como una *nerd* y, puesto que evitaba andar con un solo grupo, no solía tener dificultades con nadie… salvo con el conserje, a quien irritaba enormemente con sus fiestas espontáneas en el gimnasio. Para todos los demás era una especie de punto de referencia, una instancia, incluso un ídolo para algunos. Todo esto había sucedido sin que tuviera que hacer mayor cosa y, ahora que lo pensaba, había sido la mejor época de su vida.

Después había llegado Lars, el chico más genial de todo el colegio.

Luego Niko.

Después la tragedia.

Entonces tuvo que volver a pensar en ello. Era imposible reprimir los pensamientos indeseados por mucho tiempo. Quizá con muchísimo esfuerzo, pero… ¿qué más podía hacer ahora, estando a una semana del comienzo de las clases?

Suspiró. Al apoyar la cabeza en el vidrio de la ventana, entregada a su melancolía, volvió a ver al chico del pueblo: el tal Lennart. Estaba justo bajo su ventana y la estaba mirando.

Lulú no era asustadiza, pero esto la asustó. ¡Ya le pondría los puntos sobre las íes! Para poder abrir la ventana tuvo que quitar primero algunos discos y otras cosas y, cuando finalmente pudo apoyarse en la repisa para asomarse, el chico había desaparecido.

Ese día le echó llave a la puerta del cuarto desde adentro, algo desacostumbrado para ella, antes de echarse a dormir una siesta.

¿LULÚ Y LARS? Suena muy poco natural, me parece, y lo mismo pensé entonces. Más bien artificial. Es decir, la maravillosísima Lulú sale con Lars, Míster Perfecto, el rey de reyes. El melodrama completo. Eso era falso, como todos los melodramas. Está bien, es posible que los dos creyeran que estaban enamorados al principio, pero solo porque eso era lo que todo el mundo esperaba de ellos. De un lado, la bella Lulú, atlética y popular, y del otro, su equivalente masculino. Era evidente que a primera vista encajaban como Beckham con su tipa. Los dos estaban jugando un papel sin darse cuenta. Todos sabían que así tenía que ser.

El internado también tiene la culpa, pues todo es una fachada, de la A a la Z, y del sótano al tejado. Ahí hay más de un cadáver enterrado…

Bueno, perdón por la comparación poco acertada; de verdad lo siento.

***

Solamente quería decir que la hipocresía es el pan de cada día en la Casa Lombardi. Mis papás, que no tienen más qué hacer que pasarse los días enteros en puertos deportivos y clubes de golf, diluyéndose la sangre con champán, hace poco decidieron investigar la historia de la distinguidísima Casa Lombardi.

El constructor fue un conde de mil ochocientos algo que había perdido las piernas en una batalla y se había entregado a la bebida y los juegos de azar. Con cada copa que bebía y cada juego al que apostaba perdía un ladrillo o una teja de la casa, y se pegó un tiro en la cabeza después de haber empeñado hasta la última cortina. Luego la convirtieron en un sanatorio de enfermos pulmonares donde se consumían lentamente los casos más desesperados, sobre los cuales vertían optimismo hasta el final, y en el año 1902 albergó un internado para niñas de familias pobres. No suena mal, pero lo cierto es que molían a palos a las niñas que se salían del redil. A partir de 1937 fue utilizada por los nazis como centro de adiestramiento de sus futuros líderes. Después de la guerra permaneció vacía y derruida durante casi cincuenta años, hasta que volvieron a abrirla en 1992 como internado.

Que esto baste como pequeña introducción a la gloriosa historia de la Casa Lombardi. Pareciera que el diablo llevaba ya un buen tiempo haciendo de las suyas.

***

No me extraña: cuando una casa queda tan lejos de todo, en medio de la nada, es como una invitación a hacer diabluras, ¿no? Al fin y al cabo nadie ve nada y el pueblo no cuenta, pues ahí solo viven viejos y enfermos. En realidad es un chiste: un elegante internado —que en sus folletos lujosos promete la más moderna pedagogía y las mejores instalaciones— está rodeado de cultivadores de papa. Es como construir una mansión en medio de una barriada, pero bueno, a mí me da igual. La verdad es que la gente del pueblo nunca tuvo nada que ver con nosotros, ni nosotros con ellos. Solo nos relacionábamos entre nosotros, tal como lo preveía el concepto pedagógico: somos una comunidad, nos mantenemos unidos. Igual con igual va bien cada par... pero en nuestro caso, empezó la tragedia. Sí, lo digo abiertamente. Porque... ¿quiénes somos después de todo? Hijos de familias que se enriquecieron gracias al egoísmo. Algún día heredaremos su dinero; el egoísmo ya nos lo heredaron hace tiempo. El noventa por ciento de nosotros fuimos enviados al internado para convertirnos algún día en notarios, banqueros, pianistas o dueños de castillos. Fuimos expulsados y tenemos que ser exitosos para que puedan presumir de nosotros en el club, ¡y justo les da por reunir a estos imberbes y discapacitados emocionales en medio de la nada para que se cocinen en su propia salsa! Eso no podía terminar bien... y no terminó bien.

Capítulo **3**

LULÚ DESPERTÓ DE UNA PESADILLA. Se le había aparecido aquel extraño chico del pueblo y había escapado de él.

Se levantó, fue a la ventana y la abrió. No había nadie a la vista. Entre el edificio adyacente y el principal se extendía un césped inglés verdísimo, regado cuidadosamente todos los días, con unas coloridas islitas de rosas y hortensias en el medio. Una imagen de libertad. A un lado estaba el lago, casi tan grande como un pueblo entero y lleno de ramificaciones. Su agua era lisa, color gris acerado, y solo en los bordes se reflejaba el verde oscuro de los árboles de finales de verano. El borde del bosque discurría por la orilla; un muro rumoroso y viviente que ocultaba lo que sucedía a sus espaldas.

Se sacudió los últimos restos del sueño, se echó un poco de agua en la cara, se peinó la larga cabellera y se la recogió. Pensó en pasar por donde Jenny, pero cambió de idea. Agarró una toalla, salió por la salida trasera y se dirigió directamente a la orilla del lago. Un sendero llevaba al bosque. Los estudiantes lo llamaban *Lovers' Lane*[3] porque era el lugar de encuentro de las parejitas. En las pequeñas bahías que se alineaban con discreta distancia, las parejas podían echarse cómodamente sobre una manta y contemplar el agua centelleante entre un beso y otro. Había tanta maleza

_____

3. Sendero de los amantes.

que nadie podía ver nada, o al menos esa era la sensación y, como si fuera poco, dos arroyos que murmuraban desde el bosque hacia el lago, una pequeña cascada y unas inmensas rocas musgosas daban al *Lovers' Lane* esa magia sentimental de escenario de película.

Aquel día, sin embargo, era casi insoportable. El aire estaba detenido, el lago parecía evaporar el calor y los mosquitos zumbaban y revoloteaban alrededor de Lulú. Solo al desvestirse hasta quedar en ropa interior y disponerse a meterse en el lago pudo concentrarse en el motivo por el que había escogido ese lugar.

Lars y Niko. Niko y Lars. Niko… Lars…

Tenía una semana para pensar tranquilamente. Para aclararse. Para tomar una decisión. Una semana sin sus papás, que creían que debían compensar en poco tiempo lo que no habían hecho en un año entero. Siete días sin las miradas curiosas de sus compañeros.

Dio un par de brazadas, observó la orilla arbolada y la imponente y ligeramente lúgubre construcción del colegio. Después paseó la mirada por el lago y de todos los lados le llegaron los recuerdos, tal como los mosquitos: el primer beso con Lars, al que le siguieron muchos… muchos. Los paseos en el bote, sus brazos fuertes deslizando los remos entre el agua. El primer regalo que le dio ella a él: una cadenita de oro con un corazón. Una prueba de amor tallada en el tronco de un árbol: *L + L = Dreamteam*. Podía vislumbrarla desde el lugar donde ahora nadaba, y se clavó en su corazón como una estaca. El dolor que sintió físicamente en ese momento la espantó y nadó hacia la orilla por instinto.

Cuando el agua le llegaba a las rodillas se sentó, echó la cabeza para atrás y alzó la mirada al cielo, sorprendentemente pálido ahora. Sintió que el corazón le pesaba tanto que habría deseado que la operaran para sacárselo. Qué extraño, pensó, que no se hubiera fijado en Niko en aquel entonces, aunque se trataba del mejor amigo de Lars. A lo mejor fue precisamente por eso. Los mejores amigos eran una especie de tabú. Durante medio año Niko había sido casi invisible para ella, al punto de que apenas llegaban a hablar dos minutos seguidos, casi siempre sobre música. Niko tenía una voz preciosa, componía sus propias canciones y las cantaba en los conciertos del colegio.

Hasta que llegó *el* momento: cantó una canción de amor de su autoría en la clase de música, en la que también estaba Lulú, y la miró de una manera que ella entendió inmediatamente. Entonces trató de defenderse de lo que sentía. Pero ¿cómo hace uno para defenderse de un rayo? Pues fue exactamente como si le hubiera caído uno.

Lulú se estremeció al oír un trueno que retumbó en el agua repentinamente. La tormenta se había acercado por detrás. Regresó a la orilla, se secó rápidamente y se puso la camiseta. Luego, al tiempo con un segundo trueno, oyó un rumor entre las hojas, pasos. Dio media vuelta. No se veía a nadie entre la maraña del bosque.

Quiso gritar: "Hola. ¿Quién anda ahí?", pero no dijo nada. Miró hacia el lugar de donde habían venido los sonidos. Esperaba a cualquiera (Jenny, Lars, Niko, el extraño chico del pueblo) pero no al hombre que apareció de repente detrás de un árbol. Era Petzold.

Félix

SI ALGO ESTÁ CLARO es que lo de Petzold, el profesor de deportes, fue un asunto muy torcido, pero nadie sabe quién fue el verdadero bandido de la historia. Yo me descubrí en medio de ella por casualidad... y tuve solamente un papel secundario. Me habían pillado con un porro y así empezó todo.

Qué escándalo el que hacen los profesores cuando los estudiantes fumamos un poquito de hierba. Eso nos convierte inmediatamente en adictos que asaltamos las gasolineras para conseguir el dinero para drogarnos. Qué tontería. ¡No saben nada! Pretenden convertirnos en corredores de bolsa, pero ¿a dónde creen que van los ejecutivos en sus Porsches al terminar el día? Se emborrachan en los bares con unos whiskys carísimos y la mitad de los productores de cine mete coca. Mi papá es abogado, mi mamá, psicóloga, y no se imaginan lo que tuve que ver cuando era pequeño... Cirujanos que se atiborraban de estimulantes por la mañana y de somníferos por la noche, como si fueran bombones de chocolate. Presentadores de televisión que sacaban la petaca en el baño...

Así desarrollé mis métodos de espionaje, turnándome entre mi papá y mi mamá. Era muy divertido, y sabía engañar a las secretarias para espiar las confesiones. A propósito de confesiones: había un obispo que... bueno... bueno... me estoy yendo por las ramas, pero no del todo, en realidad. Pues cuando estaba en la sala de espera del rector...

Es lógico lo que voy a decir ahora, ¿no? Espié una conversación, por supuesto. ¿Por qué no? En la Casa Lombardi nos han inculcado que debemos descubrir y reforzar nuestras fortalezas, y espiar es mi especialidad. ¿A qué podría dedicarme con eso? ¿Al espionaje industrial? ¡Genial!

En fin, yo estaba sentado en la estúpida sala de espera, tan llena de afiches de Kandinsky que uno podría salir atontado y necesitando una consulta psicológica con mi mamá. Lulú también estaba ahí. Intenté hablar con ella pero no estaba de buen humor, y esto avivó mi curiosidad. ¿Tendría algo que ver con los rumores? El rector la llamó a ella primero, y apenas se levantó me fui al baño del pasillo, llené de papel higiénico el lavamanos del baño de mujeres, abrí la llave y la dejé así. Menos de tres minutos después se alzó un griterío y la secretaria corrió a buscar al conserje y, como la desgracia de otros es mi oportunidad, alcancé a abrir un poquito la puerta de la oficina del rector sin que nadie se diera cuenta. Entonces oí a Lulú quejándose de que el profesor de deportes le había metido mano.

***

Está bien: yo soy hombre y no puedo saber cómo se siente ser acosado sexualmente. Sin embargo, aseguro que para una chica hay cosas peores que gustarle a Stefan Petzold. Es bastante joven, apenas siete años mayor que Lulú, y no está nada mal. Llevó al primer puesto al equipo femenino de voleibol del colegio en el campeonato regional, y al masculino al segundo. Hace karate y es un as de la barra fija. Tiene una fuerza impresionante. Conozco a cinco chicas que están locas por él, y apuesto a que varias lo filman con sus celulares mientras se pasea por el patio del colegio sonriendo con su camiseta apretada. No quiero pensar en eso ahora, pero me encantaría verme como él a los veinticinco años; así no podría rechazarme ninguna chica.

***

Petzold se casó el año pasado; bastante pronto, en mi opinión. Su novia estaba embarazada, tal vez ese fue el motivo. No me parecía especialmente bonita, y él seguro habría podido conseguir algo mejor. Ella lo recogía de vez en cuando. Vivían a veinte kilómetros en una ciudad pequeña. Todo era paz, felicidad y armonía.

¡Luego vino aquello!

***

Lulú está sentada en la oficina del rector y le cuenta que quería practicar en las barras y que por eso estaba en el gimnasio. Lo cual no está permitido sin supervisión, pero qué más da. El gimnasio no es precisamente la Torre de Londres. Aunque hay una puerta podrida que… en fin. El caso es que Petzold la pilló, ella le rogó que no la denunciara, él se lo prometió, frases vienen, frases van, y de repente la agarró… por delante, por detrás, por arriba y por debajo, según Lulú. Después del espanto inicial, ella se defendió, supuestamente y, cuando él trató de besarla, ella gritó enloquecida. Entonces él la dejó en paz y ella salió disparada directo a donde el rector. Hasta ahí la versión de Lulú.

***

El día que oí la conversación era la segunda vez que Lulú estaba donde el rector por ese motivo. El viejo había hablado ya con Petzold y este lo había negado todo. Decía que había pillado a Lulú en el gimnasio y que pretendía denunciarla y que ella lo había calumniado por eso. Es obvio… ¿Quién podría reprender a Lulú por entrada no autorizada cuando acababa de escapar de una violación? ¡Nadie! Menuda situación. ¿A quién creerle? No había testigos. Por Dios, yo nunca había visto tan entrecortado al rector. Carraspeó más veces que un viejito gangoso y rompió un lápiz de los puros nervios. Yo casi me orino del otro lado de la puerta entreabierta.

En resumen, el tartamudeo del rector terminó en que no le creía del todo a Lulú porque Petzold era un hombre casado y a punto de ser papá. ¿Buenas? ¿Perdón? ¡Como si el matrimonio y la paternidad convirtieran en monógamos a los donjuanes! No me había enterado. Eso sucede únicamente en las películas románticas de galanes bronceados, y esa debe de ser precisamente la órbita en la que gira el círculo sentimental de nuestro querido rector. Entonces se puso a hablar del colegio en tono lastimoso. Que no era bueno que un internado distinguido apareciera de repente en las noticias de la televisión bajo el titular: "Violación de menores". Luego vino lo mejor: le dijo que aunque todo hubiera sucedido tal como Lulú aseguraba, ella no era del todo inocente en el asunto, porque, ¡atención!, corría el rumor de que le gustaba estar con varios a la…

Lulú se levantó como un cohete y, por desgracia, el viejo llamó a su secretaria y yo tuve que largarme. No tenía ganas de recibirme después de la explosión de Lulú. Entonces me dieron una nueva cita para el atardecer, y yo llegué un cuarto de hora tarde. Me gané una bronca por el retraso y encendí un porro mientras el viejo seguía despotricando. Ahora renunciaría a acostarme con Emma Watson con tal de volver a ver la cara que me puso. Lo increíble es que no se le haya detenido el marcapasos.

"¿Quiere que lo expulsemos del colegio?", preguntó. Yo respondí: "Si le cuento a la policía lo que le oí decirle a Lulú Ferber anteriormente, no habrá ningún colegio del que echarme".

Nuestra conversación terminó cinco segundos después.

***

No sé cómo, pues Lulú no se deja intimidar fácilmente, pero el caso es que el rector logró amordazarla. Mi teoría es que le prometió esclarecer el asunto con la condición de que se callara la boca y, hasta donde sé, ella la mantuvo cerrada.

Yo no.

Capítulo **4**

LA LLUVIA CAÍA SOBRE LAS HOJAS y el bosque había empezado a murmurar en cuestión de segundos. El viento sacudía las copas de los árboles y hacía crujir las ramas. Lulú estaba en la orilla del lago y vio venir a Stefan Petzold con una sonrisa. Lo que le faltaba.

—Lulú. Me alegra verla de nuevo. Bienvenida.

Ella quería echar a correr. Petzold le daba miedo y mucho asco.

Aparentemente era la única del colegio que albergaba esos sentimientos negativos hacia él.

—Buenas tardes —dijo. Dio media vuelta y pretendía volver a meterse en el lago, lejos del profesor.

—No tan rápido, Lulú —dijo él, sonriendo todavía—. Estoy encargado de la supervisión, y he podido comprobar que no se registró en la lista de entrada de la Casa Lombardi al llegar.

—Lo haré después.

—Muy tarde. En realidad, tendría que sancionarla.

—Si eso lo hace feliz…

Lulú se metió en el agua y dio un par de brazadas para alejarse de la orilla.

Petzold la siguió por la orilla.

—Eso de acusarme con el rector no estuvo bien —le gritó a Lulú.

—Lo que usted hizo en el gimnasio tampoco estuvo bien —replicó ella sin mirarlo y trató de concentrarse en sus brazadas.

—Le ofrezco disculpas. Malinterpreté las cosas, pero eso de ponerse a contárselo a todo el mundo estuvo mal.

—Yo no conté nada.

—¡Es mentira!

—Es verdad.

Lulú también se había preguntado cómo había podido volverse público el asunto. Ni al rector ni a Petzold les interesaba que se supiera, y la única que sabía era Jenny, y Lulú confiaba en ella ciento por ciento. Solo cuando el escándalo ya estaba en boca de todos había hablado del asunto con Lars y con Niko. Claro, ya no había más remedio. Lars se había puesto como loco. Nunca lo había visto así. "¡Le voy a cortar las pelotas!", había gritado enfurecido, y había tardado en calmarse. Niko había reaccionado muy distinto. La había abrazado con fuerza durante un largo rato.

—Incluso tuve problemas con mi mujer —gritó Petzold—. Alguien le escribió una carta, anónima, con letras de periódico. ¿Tampoco sabe nada de eso?

—Bien merecido.

"Se lo merece —pensó Lulú—. Arrogante paquete de músculos", pero no le había escrito ninguna carta a ninguna esposa.

—Si pudiera hablar con ella, de mujer a mujer, y reconociera que fue un tonto malentendido, yo me mostraría muy agradecido. Usted me contó alguna vez que le encantaría entrar a una universidad deportiva, lo cual es muy difícil, casi imposible, pero yo podría interceder… mejorar sus notas.

Petzold ya no podía seguirla. Lulú nadaba cada vez más rápido, él tenía demasiados obstáculos en la orilla y finalmente tuvo que regresar al sendero del bosque. Lulú había logrado librarse. Entonces regresó a la orilla, se secó, se vistió y volvió a la Casa Lombardi por otro camino.

Cuántas veces no se había recriminado a sí misma por haber ido a donde el rector. No le había servido de nada. Al contrario, había alimentado aún más los rumores que ya empezaban a circular sobre ella. ¡Como si no tuviera suficiente! Ahora ese idiota estaba de supervisor en la semana previa al comienzo de clases, en la que ella esperaba poder reflexionar tranquilamente.

Después de unos pocos minutos de caminata, Lulú estaba empapada de nuevo en sudor. El pequeño chapuzón no había aliviado nada. Es más, el viento parecía aún más caliente y húmedo, y el suelo del bosque despedía vapor. No se encontró con nadie más, y no había rastro de Petzold.

Cuando llegó finalmente a su cuarto, se sobresaltó. La puerta estaba cerrada, pero sin llave. ¿Acaso se le había olvidado? Ya no se acordaba bien, pero esa habría sido la primera vez que era tan descuidada.

Abrió, dio un paso adentro… y entonces retrocedió inmediatamente.

El suelo estaba cubierto de sangre.

Capítulo **5**

UN HILO DE SANGRE, un rastro, se extendía desde la puerta hasta la cama de Lulú, como si alguien hubiera arrastrado a un muerto o un herido. Lo primero que pensó fue en pedir ayuda. Podía ir a la secretaría o llamar al conserje. Pero ¿para qué? La habitación estaba vacía. No había ningún muerto, ningún herido. Seguramente había sido víctima de una broma pesada. ¿Qué más podía ser? Antes de las vacaciones también había habido un par de incidentes, todos inofensivos, pero molestos. Claro que esta nueva jugarreta era mucho más pesada. El asunto se haría público si lo denunciaba, sin duda, y entonces volvería a estar en boca de todos. No faltaría quien asegurara que ella misma lo había tramado todo para hacerse la víctima, o algo parecido.

Siguió lentamente el rastro y se detuvo ante la cama, donde terminaba… o empezaba. El edredón, que ella había estirado hacía una hora —de eso estaba segura— llegaba solo hasta la almohada. Agarró la punta para alzarlo, sin embargo, vaciló.

¿Debía llamar a Jenny? Buscó el celular… pero cambió de idea en el último segundo. Lo haría sola.

Entonces alzó el edredón.

En la sábana había una mancha redonda, de un color rojo oscuro.

Olfateó. Tenía un olor ferroso.

Era sangre, sangre de verdad.

Decidió no denunciar el asunto, no llamar la atención. No había ningún herido, al menos ninguna persona, de eso estaba convencida. Alguien habría chuzado un conejo o algo así. Muy desagradable, pero no encontrarían al culpable. Además, Petzold querría verlo todo con sus propios ojos, y la idea de que el tipo ese se paseara por su cuarto, junto a su cama, no le gustaba nada. De modo que limpió la sangre de conejo —o lo que fuera— del suelo. Necesitó un paquete entero de pañuelos. Era asqueroso, pero Lulú no era quisquillosa, y el suelo ya estaba limpio de nuevo al cabo de media hora. Ahora lo único que faltaba era lavar la sábana y el edredón; el colchón se había salvado, por fortuna.

En la Casa Lombardi había un servicio de lavandería, desde luego, pero entraba en servicio solo al comenzar las clases. Sin embargo, en el sótano del edificio de Lulú había tres lavadoras que podían utilizarse mediante una tarjeta con chip, todo muy moderno. El sótano mismo estaba libre de humedades y parecía tan estéril como un hospital. Olía a detergente y a suelo de plástico.

La zona de las lavadoras estaba al final de un corredor largo y mal iluminado, detrás de una puerta pesada que siempre estaba abierta. En el techo, uno de los tubos de neón titilaba desde hacía seis meses. Lulú ya había estado varias veces ahí abajo y estaba acostumbrada a esa atmósfera inquietante, que no le había gustado nunca. Siempre se oían ruidos: un generador zumbaba, una planta se encendía automáticamente con un chasquido, el viento arrastraba una hoja seca por el suelo… El eco del corredor alargado magnificaba cualquier sonido, tal como en ese día. Unas gotas caían en un balde en alguna parte, y se oía también un rasguñar extraño, como de un ratón, pero Lulú estaba acostumbrada a enfrentar sus miedos y, si un tubo de neón titilante y un par de gotas la hubieran espantado, se lo habría reprochado siempre.

Metió la sábana en la lavadora, echó el detergente y encendió la máquina, que empezó a hacer su trabajo diligentemente... para lo cual necesitaría noventa minutos. Casi había terminado y se proponía regresar, cuando la puerta de la lavandería se cerró de repente con un portazo detrás de ella.

—¡Eh! —gritó y corrió hacia la puerta.

No había cerradura ni picaporte, solo un pomo redondo. Lulú lo sacudió desesperadamente, pero la puerta no se abrió.

—¡No puede ser!

Esa puerta nunca estaba cerrada. Siempre estaba abierta y asegurada a la pared con un gancho. El gancho no tenía forma de soltarse por sí solo.

—¡Abre! ¡Ábreme! Esto ya no es chistoso. ¿Quién está ahí?

Tuvo la sensación de que había alguien del otro lado de la puerta. Apoyó la oreja contra el metal frío, aguzó el oído... ¿Acaso escuchaba el sonido de una respiración? No estaba segura, pues la lavadora hacía demasiado ruido.

—¡Eres un idiota, seas quien seas! —maldijo y dio un puñetazo en la puerta.

El celular no tenía señal en el sótano. Miró a su alrededor. No había más salidas, pero sí unos ductos de ventilación. Si gritaba con fuerza alguien la oiría tarde o temprano. Entonces gritó.

Pasó más de una hora hasta que finalmente oyó que alguien entraba al sótano. Había gritado una y otra vez, pero sin respuesta.

—¿Lulú? —gritó una voz—. ¿Eres tú, Lulú?

—¡Aquí! Estoy aquí, en la lavandería.

La puerta se abrió al cabo de unos segundos.

—¡Niko! —gritó, y se le echó al cuello. Le dio un beso—. Llegas justo en el momento indicado. Me quedé encerrada en esta lavandería estúpida.

—Te oí gritar por pura casualidad. Te ocurren unas cosas…

—¡No fue culpa mía! Te juro que si atrapo al culpable…

Lulú se interrumpió de repente. Los ojos de Niko la tranquilizaban. Sonreían, tenían algo infantil y maduro a la vez. Él tenía la cualidad de serenar su temperamento siempre. Si ella echaba a volar, él la hacía aterrizar lentamente; si estaba cansada y desanimada, él la energizaba.

Entonces la besó, sin decir nada. Llevaban un buen rato sin verse. Así era Niko: silencioso. Tenía mucho qué decir, pero lograba condensar mucho en muy pocas palabras… o en gestos, caricias, miradas, o en canciones. Niko era un fenómeno en el colegio, pues era un personaje reservado y popular al mismo tiempo. ¿Cuál era su secreto? ¿Su voz? No solo a Lulú le parecía que esta se le metía bajo la piel. ¿Su apariencia? La naturaleza había sido generosa con este nieto de inmigrantes italianos. No obstante, Lulú se preguntaba continuamente qué tenía Niko que no tuviera Lars, y encontró la respuesta cuando él la besó en ese reencuentro, para luego tomar su cara en sus manos, sostenerla durante varios minutos y mirarla como si fuera un tesoro, ahí, en medio de la ruidosa y tenebrosa lavandería.

Cuando estaba con él, siempre tenía la sensación —no, la seguridad— de que todo lo que él decía y hacía venía de una convicción absoluta. No había nada artificial, nada falso, nada a medias. Cuando le dijo "no puedo más sin ti", le creyó y, cuando le dijo "moriría por ti", también le creyó, pero se sobresaltó al mismo tiempo como ante una profecía ominosa.

—Tengo que decírselo a Lars —dijo Niko.

Lulú meneó la cabeza.

—Tienes razón —añadió él después de mirarla largamente a los ojos—. *Tenemos* que decírselo.

Lulú asintió, pero ella era distinta a Niko. A veces asentía sin estar segura de estar haciendo lo correcto y, en vez de decirle a Lars que amaba a Niko, estaba a punto de decirle a Niko que amaba a Lars y que su romance había terminado, pero entonces sucedió lo que la hacía tambalear desde hacía meses: besó a Niko. No de cualquier manera, sino como si él fuera su aliento, y rodeó con los brazos aquel cuerpo alto y delgado como si fuera una boya salvavidas.

—Deberíamos subir —dijo él.

—¿Por qué? —Lulú escrutó los ojos de Niko—. ¿Lars?

—Está buscándote desde hace rato.

Lulú empezó a caminar en silencio, pero en su interior reinaba un barullo indescriptible. Una voz gritaba: *Lulú, haz algo. ¡Tienes que decidirte!* No obstante, otra voz, no menos fuerte, repetía insistentemente: *¿Cómo? ¿Cómo?* Jenny decía: *Hablemos.* Niko decía: *Tenemos que decírselo.* Sus papás gritaban: *¡Contrólate!* Los estudiantes chismorreaban: *Lulú se conquista al que quiere.* El rector decía: *Corre el rumor de que a usted le gusta la variedad.*

Como si no tuviera la cabeza suficientemente llena de voces y problemas, ahora tenía que pensar en quién la tendría en la mira. ¿Petzold? ¿El chico del pueblo? O tal vez...

Miró a Niko con ojos sorprendidos.

—¿Qué pasa?

—Nada. Está bien.

"Nicole", pensó.

Nicole

AL PRINCIPIO éramos una broma andante que se paseaba por el patio del colegio, Niko y yo. Fuimos el blanco de las burlas desde el momento en que caminamos tomados de la mano. ¡Ja, ja, ja!, chistosísimo. Niko y Nicole, Julián y Juliana, Daniel y Daniela, para morirse de risa, pero no nos molestaba, en realidad. Bueno, a mí sí, un poquito. Afortunadamente, esta etapa no duró mucho tiempo. Las burlas del patio del colegio son como los dardos: el juego se vuelve aburrido en algún momento y hay que buscar uno nuevo, pero solo mientras el blanco se mantenga tranquilo. El blanco que se defiende o escapa despierta el instinto depredador, y los jugadores se vuelven cazadores. Eso dijo Niko, y tenía razón. Después de unas semanas nos dejaron tranquilos.

Yo sé que suena tonto y hasta sumiso, pero Niko era un poco más listo que yo. No quiero decir que fuera más inteligente; mis notas eran mejores en muchas materias. Simplemente me parecía más experimentado. Si me preguntaran cuál es la palabra que lo describiría con más precisión, diría que *madurez*. ¿Por qué? Eso no puedo decirlo fácilmente. Tendría que pensarlo bien.

***

A veces me parecía que él flotaba a diez metros sobre el suelo y que por eso podía ver las cosas con mejor perspectiva que los demás. Nunca lo vi furioso, nunca peleaba; discutía, claro, pero no por testarudo. Tampoco lo oí decir nunca algo malo de nadie, en serio. Era como si una vocecita interior le dijera: "No te alteres, no vale la pena". Sé cómo se llamaba esa vocecita.

Pérdida. Así se llamaba: pérdida. Él perdió a sus papás cuando tenía catorce años, y esto sucedió el día de su cumpleaños. En la carretera, un loco que no podía esperar se estrelló contra un autobús y el vehículo en el que iban Niko y sus papás se lo encontró de frente, frenó, se desvió…

***

Niko sobrevivió, con algunos rasguños. Todos los años, el dieciocho de noviembre, Niko no era el mismo. Tenía miedo de que lo felicitaran y, cuando alguien que no estaba enterado del asunto le regalaba algo, parecía como si le hubieran puesto una bomba en la mano.

No quiero que suene cruel, pero creo que esa pérdida terrible le daba la profundidad que me resultaba tan irresistible al principio. De otro modo habría sido simplemente un chico con una guitarra y una voz *sexy*… pero el accidente era la experiencia clave que lo hacía tan maduro. Un poco melancólico, pero no demasiado; un poco mayor, pero no demasiado.

Raro, ¿no? Como había aprendido desde tan pequeño lo que era el dolor, la verdadera pérdida, también sabía lo que era el amor y la esperanza, y el deseo de libertad y todo eso. En eso nos llevaba ventaja a todos, y me incluyo. Si tuviera una debilidad, un defecto o como queramos llamarlo, sería el de aislarse durante un par de días sin explicación alguna. Entonces hablaba muy poco, pasaba horas enteras en el bosque y, cuando yo trataba de hablar de su estado de ánimo, chocaba contra una roca, y me sentía totalmente inútil, claro. Sin embargo, como ya dije, esto no sucedía muy a menudo.

Cuando llevábamos unos cuatro meses saliendo, lo miré amorosamente y le pedí: "Escribe una canción para mí". Con lo que quería decir *sobre* mí, claro. Él respondió: "Eso no se puede escribir así como así, Nicole. Si escribo una canción para una chica, mejor dicho, una mujer, es porque creo que puede haber algo muy fuerte entre los dos. Necesito estar muy, muy seguro antes de escribirla, Nicole. A lo mejor te escriba una algún día, pero tienes que darme tiempo".

Esto me dejó casi de piedra, por la frustración. Que el chico del que estás enamorada te diga que no está seguro de lo que siente por ti... Estaba perpleja, tanto que nunca le dije lo molesta que me sentí y, en cambio, pasé varias semanas portándome como una idiota.

Hoy lo veo todo con otros ojos. Niko fue honesto. Todo el tiempo nos quejamos de que los hombres, los profesores, los jefes, los papás, los políticos, los banqueros, la vida y qué sé yo qué más, no son honestos con nosotros y nos engañan, pero cuando alguien es honesto tampoco nos parece bien. Él no me dijo que no le importaba; me dijo que solo tenía un tiquete de entrada a su vida y que por eso debía pensar muy bien a quién y cuándo lo entregaría. Es precisamente lo que las mujeres queremos oír, ¿no? Visto en retrospectiva, en todo caso, prefiero la honestidad de Niko a la pose de los solteros que les dan diez ramos de azucenas a diez mujeres, les dicen a las diez lo maravillosas que son, después se acuestan con dos o tres de ellas, escogen a una, les echan el discurso de la mujer soñada, interpretan el papel del hombre embelesado durante tres meses para luego decirle finalmente a la elegida: "fue lindo, pero fue un error".

***

Como ya dije, me comporté como una idiota y solo logré empeorarlo todo con esa actitud. Si alguien puede nombrar un solo caso en el que la quejadera haya producido un amor más grande, le daré un premio. En mi caso trajo todo lo contrario y luego… la tragedia.

***

Todavía recuerdo perfectamente cuál fue el desencadenante. Era un hermoso día de mayo, cálido y soleado; los árboles tenían un brillo verdoso y la profesora de música decidió hacer la clase al aire libre. Ya lo había hecho antes, por el concierto de los pájaros, como decía, y porque el aire fresco fomenta la creatividad y, por supuesto, porque la Casa Lombardi trabaja con métodos particulares. En fin, el caso es que Niko había llevado ese día una canción compuesta por él. Estaba ahí cantando con su guitarra, a espaldas del lago, una balada muy sugestiva, en inglés y, por supuesto, yo deseaba que me lanzara una mirada, pero no lo hizo. Las miradas que yo anhelaba fueron para Lulú. Claro que no lo hizo de manera evidente, y los otros compañeros no se dieron cuenta de lo que estaba pasando, pero yo sí y Lulú también.

Ese mismo día les conté a un par de amigas, dando pie a rumores, pero eso no fue todo. Me metí de lleno en el cuento y empecé a odiar a Lulú, y Kati me ayudó con una que otra cosa.

***

Todo esto me hace pensar siempre en un gran botón rojo de parada. Todos sabemos que un botón rojo no significa nada bueno, ¿cierto? Sin embargo, a veces, no podemos dejar de oprimirlo. Entonces hacemos algo que sabemos que no debemos hacer y sin saber a dónde llevará. Hay algo que es superior a nuestra conciencia. En mi caso fue el orgullo herido. Me dije: "No puedes dejar que esto quede impune, tienes que defenderte, si no, todos creerán que eres una cobarde". Kati reforzó mis intuiciones. Los rumores que difundí sobre Lulú los inventé porque quería darle una lección. Esa fue mi manera de arañarla y Kati me incitó continuamente, nada era suficiente, y hacia el final del año escolar yo ya estaba metida totalmente de cabeza, y solo durante las vacaciones con mis papás en Tailandia pude recapacitar.

Sin embargo, ya era demasiado tarde para Lulú.

¿Qué más puedo decir? Ya era demasiado tarde, así de simple.

Capítulo **6**

LARS IRRUMPIÓ EN LA HABITACIÓN de Lulú sin tocar la puerta. Corrió a su encuentro, saltó sobre la maleta e hizo una pirueta a muy pocos metros de ella, emocionado, antes de echarse a sus brazos.

—¡Lula! —gritó. Así la llamaba él. La primera sílaba de cada uno de sus nombres entrelazadas, como si debieran permanecer así para siempre—. Por fin, Lula. ¡Las vacaciones de verano sin ti son lo peor!

La besó una y otra vez, con miles de besitos, como si quisiera conquistar cada centímetro de su rostro.

—El año entrante cumpliremos dieciocho, Lula, y podremos largarnos juntos. ¿Qué tal Portugal? Podemos saltar de la cima de los acantilados. ¿O qué tal un viaje por la ruta 66? Sacaré la licencia para conducir motocicleta. ¿O nos dedicamos a hacer fiestas y descansar? Dicen que las Seychelles son una locura, pero muy caras también. ¿Será que logramos que nuestros viejos nos den el dinero?

Siguió besándola entre sus planes para el futuro, que abarcaban el mundo entero. Lars era un entusiasta, contagioso, activo, un perrito juguetón, lleno de energía; pero ese día su chispa no prendió en Lulú. Ella trató de disimular lo confundida que estaba y se rio, pero él se dio cuenta.

—¿Algo anda mal? ¿Pasó algo?

Lulú estuvo a punto de decirle la verdad, pero después se preguntó cuál era la verdad en realidad.

—Solo estoy confundida por lo que pasó hoy.

—¿Cómo así? ¿Qué pasó?

—Acabo de contárselo a Niko.

Niko estaba sentado en un asiento en un rincón del cuarto, y Lars lo vio solo hasta ese momento.

—¿Qué haces aquí, hermano?

—Pues acabo de rescatar a Lulú de la lavandería, donde se había quedado encerrada. Después subimos y nos pusimos a hablar.

—Ajá —dijo Lars, y por un segundo Lulú tuvo la sensación de que estaba completamente enterado de su historia con Niko. Paseó la mirada de su novia a su mejor amigo... de vuelta a ella y de vuelta a él—. ¿Conque otra vez te dio por jugar al Lanzarote con mi novia?

Así había empezado a decirle Lars a Niko poco antes de las vacaciones, pero el apodo había tenido un tono gracioso en ese momento. Ahora no había rastro de ese tono. Durante unos segundos mostró la expresión seria de un jefe mafioso y, cuando volvió a sonreír y dijo que era un chiste, Lulú no le creyó del todo.

Ella se sentía fatal, y podía ver que Niko también. Ninguno de los dos quería mentir, pero la mentira ejercía una fuerza de atracción mucho mayor que la verdad. Lulú estaba engañando a Lars, pero en el fondo también estaba engañando a Niko. Al uno le daba la seguridad de que no había cambiado nada, al otro le daba la esperanza de que todo cambiaría pronto. Ella habría querido que ambas cosas fueran verdad y no decepcionar a ninguno. Todavía seguía preguntándose cómo había podido llegar a esa situación: estar interesada en dos chicos radicalmente distintos al mismo tiempo y no saber a cuál amaba y a cuál no, pues era imposible amar a dos hombres al tiempo, ¿o no? Tal vez no. Quizá cada uno atraía una cara distinta de ella. Lars era una bola rubia de energía, atlética, siempre con el pie en el acelerador: remar, correr, montar bicicleta, bailar; estarse quieto no era lo suyo, ni en el salón de clases ni en el cine. Niko era un tipo cariñoso y sereno que la hacía soñar. Estar con él era como flotar en la cabina de una noria… con Lars todo era como viajar en una montaña rusa.

El que estos dos chicos fueran amigos sorprendía solo al que no sabía que eran los únicos huérfanos de la Casa Lombardi. Niko había perdido a sus papás en un accidente automovilístico, la mamá de Lars se había quitado la vida después de que su marido los abandonara, y ambos habían sido enviados al internado por los abuelos. Eran uña y carne desde hacía años, lo cual empeoraba el asunto para Lulú. Ser precisamente la razón que los separara era una idea espantosa que parecía oprimirle el pecho.

—Pues te cuento —le dijo Lulú a Lars— que alguien me manchó de sangre el suelo y la sábana.

—No veo ninguna sangre.

—Ya la limpié, por supuesto, y la sábana está en la lavadora.

—¿Por qué habría alguien de hacer algo así?

—Podría haber sido Petzold…

—No arriesgaría su puesto por semejante estupidez.

—También hay un chico…

—¿Cuál chico?

—Uno del pueblo, un mecánico. Creo que también lo has visto antes.

—Me acuerdo. ¿Por qué crees…?

—¡Yo qué sé! —gritó ella, impaciente—. ¿Es que esto es un interrogatorio?

De repente sintió que todo era demasiado para ella. Lars aquí, Niko ahí… Las miradas, la desconfianza…

—Lo siento —dijo—. Tengo que irme. Jenny está esperándome. Nos vemos después.

Salió corriendo. Necesitaba hablar con alguien. No lograba aclararse por su cuenta. Quizá Jenny podría darle algo de orden al caos, y se había ofrecido. Al menos no podía empeorar las cosas. Tocó su puerta, pero no abrió nadie. Entonces salió corriendo afuera.

Jenny tenía un lugar favorito para dibujar. Detrás de unos setos y arbustos altos estaba la capilla. Era bastante antigua, de la época en que había sido construida la casa. Detrás había un camposanto pequeño, con apenas una docena de tumbas cubiertas de maleza y losas desmoronadas. Desde una pequeña banca de piedra se tenía una maravillosa vista tanto del lago como de la avenida de los álamos y las praderas circundantes. Un lugar pacífico y opresivo al mismo tiempo, según Lulú, que siempre se había sentido incómoda en los cementerios.

Ese día se sentía aún peor. Quizá se debiera al calor infecto que pendía sobre el cementerio como una campana.

La campana de la capilla dio las cinco.

Después del quinto campanazo Lulú oyó un ruido, el crujido de una rama. Una figura salió por detrás de una de las losas.

—¡Simón! —Lulú dio un paso atrás—. ¿Qué… qué haces aquí?

Él la miró fijamente, sin decir nada.

Vanessa

SIMÓN ERA EL CHICO MÁS RARO DEL COLEGIO. Yo sencillamente no lograba entenderlo. Al principio me pareció que no era feo, pero una amiga me dijo: "¿Que no es feo? Es horrible y demasiado flaco". La verdad es que era bastante raro, con esos ojos pintados de negro, pero a mí me parecía bonito. En todo caso, creía que podría conocerlo mejor y al principio todo iba bastante bien. Fui a verlo un par de veces al parque de *skate*. A los hombres les encanta que los admiren, y además él era muy bueno y yo no tenía que fingir en absoluto.

Hasta que empecé a cansarme del asunto, de ir a mirar, admirar y aplaudir; me sentía como una porrista y pensé que ya era hora de que pasara algo, de que se diera cuenta de que me gustaba, pero nada. De modo que había solo tres posibilidades: era demasiado tímido, era homosexual o yo simplemente no le gustaba. Entonces le pregunté qué música escuchaba, y dijo que la *dark wave*, la neoclásica y el *death rock*, que le permitían escapar de la realidad, y yo fingí que me parecía interesantísimo, y después de un cierto tira y afloja me invitó finalmente a su cuarto.

Nunca antes había visto nada tan impresionante. Las paredes estaban forradas de afiches, no había ni un solo punto libre, y lo más loco es que eran puros afiches de películas fantásticas y de ciencia ficción. Algunos los había recortado y pegado unos encima de otros... ¿Cómo es que se llama? *Collage*. Sí, exacto, su cuarto era un *collage* inmenso. Había vampiros, magos, espíritus, hadas, dioses, lechuzas y dragones por todos lados. ¡Era terrorífico! Era una locura; yo no podría dormir ahí, me habría vuelto loca, cualquier persona normal se habría vuelto loca. La estantería era igual: puros libros de literatura fantástica. Hasta el suelo estaba lleno de cosas amontonadas. El tipo era un loco, un ratón de biblioteca, y todo su tiempo libre giraba en torno al *skate*, la *dark wave* y el *punk*. Si eso no es estar loco, yo no sé nada.

Sin embargo, al principio pensé: "Qué más da, qué le vamos a hacer. A lo mejor es muy amable de todos modos". Entonces me le acerqué, escuché su música estúpida, hojeé dos, tres novelas e incluso empecé a elogiar los *collages* espantosos. ¿Qué hizo él? Abrió una carpeta y me pasó unos escritos suyos para que los leyera. Eran como ensayos. Yo no habría tenido nada en contra si los textos no hubieran sido tan inquietantes. Eran sobre unas personas que estaban poseídas por algo y corrían gritando por todas partes, y sobre otras a las que las perseguía algo invisible... No sabría cómo explicarlo. Los personajes de sus historias tenían miedo, y siempre había algún loco. Después de haber leído unas cuatro me harté y me largué. Es comprensible, ¿no?

Más tarde supe que les había hecho lo mismo a otras chicas que se habían mostrado interesadas en él. Entonces empezaron a correr los rumores, por supuesto, y algunos compañeros se burlaron de él, pero eso no duró mucho. Probablemente porque era uno de los mejores del *skate*, o tal vez porque les parecía demasiado raro y los chicos preferían no meterse con él. No lo sé. En todo caso lo dejaron tranquilo durante más de un año. Él volvió a adaptarse por sí mismo, así no más.

Entonces apareció Jenny. Según cuentan, ella estuvo en su habitación y superó todo el procedimiento, es decir, los *collages*, la música, los textos, etcétera, y quedó totalmente encantada y con él. Culpa de ella. ¿Cómo se puede ser tan estúpida de enamorarse de alguien así? Yo la creía más inteligente. Está bien, a ella le fascinaba dibujar y a él, leer, escribir y hacer *collages*, pero no tiene comparación. Yo conozco los dibujos de Jenny. Ella me retrató una vez, en la clase de arte, y me regaló el dibujo. Todavía lo tengo. Todos sus dibujos eran impresionantes: retratos, edificios, una pradera, el lago... todos cargados de atmósfera, pero sin ser terroríficos.

Simón cambió a Jenny. Antes de que empezara a salir con él era alegre, espontánea, despreocupada... totalmente positiva. Yo no sé qué le hizo, pero estaba locamente enamorada, y él...

Siempre lo he dicho: vive y deja vivir. Sin importar cómo sean las personas, qué música escuchen, qué libros lean, si son góticos, homosexuales o lo que sea... eso no importa.

Sin embargo, nunca le perdonaré a Simón lo que hizo con Jenny.

Capítulo **7**

SIMÓN SEGUÍA mirando fijamente a Lulú.

—Hola —le dijo ella, sin saber muy bien hacia dónde dirigir la mirada.

Nunca se había sentido cómoda en su presencia. Había aceptado silenciosamente que su amiga se hubiera enamorado precisamente de ese chico tan raro —eso era asunto de Jenny—, pero tenía la sensación de que él no estaba bien de la cabeza. Iba vestido de negro, con su aire gótico, como de costumbre, pero Lulú tuvo que reconocer que no le quedaba mal. Incluso los ojos pintados con delineador negro le lucían, aunque eso de que un chico se maquillara le resultaba bastante estrafalario.

Cuando Simón se sacó el audífono de la oreja, Lulú alcanzó a oír débilmente el estruendo espantoso de una banda de música gótica.

—Estaba escuchando música.

Simón no hablaba mucho y era famoso por sus respuestas lacónicas; un motivo más por el cual los demás no solían hablarle.

Lulú notó que le temblaban las manos, como si hubiera acabado de golpear o estrangular a alguien y, al advertir su mirada, Simón escondió rápidamente las manos en los bolsillos del pantalón.

—Estoy buscando a Jenny. ¿La has visto por aquí? —le preguntó ella.

Él titubeó, dibujando líneas en el suelo con la punta de los zapatos.

—Sí —respondió.

Esa conversación le resultaba agotadora a Lulú, si es que podía llamársele conversación.

—¿Dónde?

Simón señaló hacia la orilla del lago.

—Ahí abajo.

—Gracias.

Lulú caminó sobre la hierba hacia su amiga, que estaba sentada de espaldas, dibujando. Se sentía ligeramente aliviada de que estuviera bien. Pero ¿por qué no habría de estarlo? En todo caso, no podía dejar de pensar en las manos temblorosas de Simón.

Para hacerle una pequeña broma, Lulú caminó sigilosamente y trató de asustarla haciéndole cosquillas por los lados. Jenny casi no reaccionó. Apenas si levantó la cabeza.

—Ah, eres tú —dijo y siguió dibujando, concentrada.

El dibujo le pareció hermoso a Lulú a primera vista: el cielo, los pájaros, el agua acariciada por el viento, un par de lirios...

Hasta que vio el cuerpo inerte de una mujer que flotaba boca abajo entre los lirios. Estaba tan desconcertada que miró hacia el lago, el verdadero lago, para buscar el cuerpo del dibujo.

—¡Oye! —Se dejó caer en la hierba—. ¿Por qué sigues pintando escenas de terror? Es muy poco realista. ¿O acaso ves un cadáver en el lago?

—No. ¿Preferirías que hubiera uno?

—No te hagas la chistosa. En serio: ¿Desde cuándo eres la reina del terror? —Lulú no esperó la respuesta de

Jenny—. Es la influencia de Simón, reconócelo. El tipo está loco, y tú eres la única del colegio que no lo ha notado todavía... además de él mismo.

—Él tiene algo muy especial.

—Igual que un zombi, pero uno no se le echa al cuello a un zombi por eso.

—Ya basta. No me gusta que hables así de Simón. Tengo que tomar una decisión difícil, y no me ayuda que me vengas con esos cuentos.

Lulú se mordió el labio.

—Lo siento mucho sí me pasé —dijo, arrepentida—. ¿Quieres hablar de tu decisión difícil?

Jenny terminó el dibujo.

—Estoy embarazada.

Lulú quedó boquiabierta... literalmente. Se hundió aún más en la hierba y tardó diez segundos en musitar palabra. No se atrevía a imaginar lo que significaría para ella misma el quedar embarazada.

—¿Es... de Simón?

—No. De Justin Bieber. ¿De quién más? Pues claro que es de Simón. *Yo* me acuesto con un solo tipo.

—Oye, no seas pesada. Simplemente estoy... muy sorprendida.

—Lo siento. Estoy un poco alterada.

—Está bien, te entiendo.

Lulú quería preguntarle si ya había hablado con Simón y qué había dicho él, pero Jenny se le adelantó.

—No quiero hablar del tema —dijo.

***

Lulú pasó el resto del día y la noche en la habitación de Jenny. Aunque el espacio era reducido en la cama sencilla, se sentía bien ahí. Además podía tomarse un descanso de Niko y de Lars y postergar un poco el asunto.

Las dos amigas pasaron un buen rato mirando comedias de televisión en el portátil. No habían hablado ni una sola palabra sobre el embarazo. A Lulú le había venido bien distraerse de sus propios problemas, y aunque le deseaba solo lo mejor a Jenny, el hecho de no ser la única en el club de las desesperadas le daba un cierto consuelo. Incluso había logrado convencerse, durante un par de horas, de que sus dificultades eran ridículas en comparación con las de Jenny. Durmió bien, pero se despertó en plena noche y no pudo volver a dormirse. Normalmente se habría movido de un lado a otro, pero con Jenny a su espalda era imposible. Entonces se levantó, se puso una camiseta y salió.

Era una noche calurosa, con unos veinticinco grados. Unos rayos de tormenta iluminaban la oscuridad de vez en cuando, y un trueno lejano volvió a bramar a lo lejos. Lulú alzó la mirada. El cielo brillaba como laca negra cubierta de escarcha. La comparación la hizo sonreír y permaneció así unos minutos, con la cabeza doblada hacia atrás, hasta que se sintió un poco mareada y tuvo que sentarse en la hierba.

"¿De quién preferiría tener un hijo? —se preguntó—. ¿De Niko o de Lars?". No es que deseara tener un hijo, en absoluto, era demasiado pronto para eso. Mucho después, tal vez, a los treinta o los treinta y cinco. Primero quería ver algo del mundo, estudiar, hacer algo que tuviera que ver con deportes, un semestre de intercambio en otro país, aprender un oficio… pero quizá la pregunta sobre con cuál de los dos se imaginaba que podría tener una familia le ayudaría a poner orden en su cabeza. Niko sería un papá dulce que no obligaría a su hijo a nada y que lo apoyaría en cualquier decisión; en realidad, un papá como el que ella desearía para su hijo. Estaba convencida: si fuera a buscarlo en ese momento y lo despertara para decirle que estaba embarazada, él tragaría saliva brevemente para después cubrirla a besos. ¿O no? Niko tenía unos momentos de ánimo melancólico, en los que se encerraba en sí mismo y pasaba horas aislado. Ella no lograba acercársele en esos momentos. A lo mejor la paternidad le produciría miedo.

En cuanto a Lars… quedaría horrorizado, si él fuera el padre, tal como ella. ¿Un hijo, tan temprano? ¡Impensable! ¿No se sentía más cercana a Lars que a Niko en ese sentido? Estaba tan confundida como antes. Ni la noche ni las estrellas habían logrado ayudarle.

Un grito resonó de repente en la oscuridad, agudo, prolongado y desesperado, como el grito mortal de una mujer. Lulú se levantó abruptamente. Sus ojos escrudiñaron la negrura.

El grito había venido claramente del lago. Ahora había vuelto a hacerse el silencio.

Entonces oyó un murmullo no muy lejos de donde estaba. ¿Un pájaro? ¿Un ratón? Luego unos pasos. A esas horas de la noche —poco más de las dos— no podía estar llegando ningún estudiante.

—¿Jenny? —preguntó.

Silencio. Lulú miró alrededor: nada, solo oscuridad. Si hubiera sido Jenny, habría contestado.

—¿Lars? ¿Eres tú? Ya deja el jueguito.

No sería raro que Lars quisiera darle un susto. A él le encantaban las bromas, que lo divertían más a él que a ella.

A diferencia de Niko, a quien nunca se le ocurriría asustarla a propósito.

—Lars, sé que eres tú. Vamos, muéstrate.

Sin embargo, no se mostró nadie. ¿Sería el conserje? ¿O Petzold?

Una mano se posó en su hombro por detrás en ese momento. Lulú soltó un grito, un chillido que escapó de su pecho. Entonces dio un par de brincos hacia delante, instintivamente, para luego darse la vuelta, pero tropezó y cayó sobre las manos en la hierba y, al levantarse, vio que una figura se acercaba a ella entre la oscuridad.

EN REALIDAD, NO ME GUSTA HABLAR DE ESO. Es una historia triste y lúgubre. Se me pone la piel de gallina y podría echarme a llorar si…

… en fin. Ella se llamaba Mandy. Era una de las tres Mandys de mi curso y una de las seis Mandys del pueblo, pero era la más bonita de todas. Yo siempre me sentaba a su lado en clase, pero no éramos amigas de verdad. Mandy no tenía amigas. Lo único que yo sabía de ella era que sus papás tenían una granja grande, a unos dos kilómetros. Después de clase se montaba inmediatamente en su bicicleta y se marchaba. Durante los recreos tampoco la vi hablar nunca más de dos o tres minutos con alguien de nuestra edad. Siempre se mantenía distante y nuestros compañeros la consideraban arrogante. Yo no; a mí me caía bien. No sé por qué. Ella no era arrogante, simplemente vivía en otro mundo, mentalmente, quiero decir. No vivía entre nosotros, sino muy lejos, y eso no lo entendían los demás. Yo tampoco, al principio.

Yo me senté con ella —en esa época tenía trece años— únicamente porque el puesto de su lado siempre estaba vacío y ella me daba lástima. Le pregunté si le parecía bien que me sentara a su lado, y ella dijo que sí. Eso fue todo.

Hablábamos poco y, si lo hacíamos, era sobre cosas sin importancia, como las tareas, por ejemplo. A Mandy no le iba bien en el colegio. Yo quise ayudarle pero me dijo que no tenía sentido. Pensaba salirse a los quince y trabajar en la granja de sus papás, tal como lo habían hecho ya sus dos hermanos mayores. Me acuerdo perfectamente: "¿Para qué necesito aprender sobre la Revolución francesa, *Los bandidos* de Schiller o el teorema de Pitágoras, si el próximo año me dedicaré a cargar la paja de los animales y hacerles la comida a los hombres?", me dijo.

Todavía recuerdo que había algo en su voz… una especie de desprecio… no, algo más frío. Creo que era odio. Al principio creía que se debía al colegio, pero no tardé en darme cuenta de que era un odio a la vida, *su* vida, tal como era.

Su apariencia cambió muchísimo a los catorce. Ya desde antes parecía un poco mayor y más madura que las demás, pero de repente parecía como de dieciocho o diecinueve. ¡En serio! Los senos le habían crecido de repente y estaba más alta… y había empezado a usar maquillaje y ropa elegante, y todo carísimo… La mayoría era robado, por supuesto. Yo le pregunté directamente y ella lo reconoció. De vez en cuando iba a la capital del departamento y se aprovisionaba. Una vez se le levantó un poco la camisa y le vi un morado en las costillas. "Fue mi papá, pues me pillaron en una farmacia y la policía vino hasta nuestra casa", me dijo.

Nuestra relación se estrechó durante esa época. A mí no me gustan las chicas, no de *esa* manera, pero Mandy me parecía genial. Se teñía de rubio el pelo largo y usaba un pintalabios de un rojo muy oscuro y se veía hermosa. "Me gustaría ser un poquito como tú", le dije. Ella replicó: "En realidad no te conviene".

Mandy se fue soltando lentamente. Cada vez hablábamos un poco más que antes. No demasiado, pues no era muy habladora. Hasta que llegó el día en que me invitó a su casa. Después de clases nos fuimos juntas a la granja de sus papás. Yo no había estado nunca ahí, ni siquiera en la zona, y le dije: "De modo que este es tu hogar".

"No —respondió ella—, en realidad, no". Entendí lo que quería decir mientras caminaba por el patio mugriento con sus zapatos de charol y su minifalda. Era como una orquídea en un pantano.

A primera vista, su habitación parecía de lo más normal. Mandy escuchaba la misma música y leía los mismos libros que yo, pero de repente me fijé en sus revistas: fotogografías de las mansiones de los ricos, de los mejores hoteles del mundo, en París, Nueva York, Dubái, Río de Janeiro. Vivía en una granja, casi no tenía dinero para el colorete y soñaba con casas que no podría comprar nunca.

Quizá suena como si Mandy fuera realmente lo que los demás pensaban de ella: engreída, calculadora, pero no era así. Nunca le dijo nada desagradable a ningún compañero ni miró mal a nadie. Llevaba vestidos de Donna Karan, pero le importaba un pepino que yo usara camisetas baratas y, en cuanto a las revistas… ella sabía perfectamente que era algo inalcanzable. Las revistas eran para ella lo que para mí son las novelas de literatura fantástica o las historias de amor, o lo que para algunos de los chicos son las dos horas diarias de fútbol en el parque. Que nadie venga a decirme que no se ven secretamente a sí mismos jugando en un gran estadio.

Los chicos no fueron un tema para Mandy durante mucho tiempo. Solo unos pocos trataron de coquetearle y ella los rechazó amablemente, lo más amablemente posible. No engañó ni ilusionó a ninguno; les decía que no quería salir con ellos y punto. Solo uno insistió tercamente: Lennart, un chico que había sido compañero nuestro de clase y que había perdido el año. Él estaba embelesado con Mandy, idiotizado, y lo intentó por todos los medios: regalos, invitaciones, etcétera. Cuando terminamos el colegio, Mandy se puso a ayudar a sus papás en la granja y yo empecé a estudiar peluquería, pero nos veíamos una vez al mes, y entonces me contaba lo que Lennart había hecho para tratar de conquistársela. Ella no salió nunca con él. Qué tipo más estúpido, el Lennart ese. Hasta que la dejó en paz, finalmente, o al menos eso creo.

Entonces...

Mandy conoció a alguien, eso lo sé con certeza, pero no sé a quién. No le gustaba hablar de eso. Cada vez que yo trataba de averiguar algo más, ella se cerraba. O se avergonzaba del tipo o había algo prohibido en la relación, pues siempre se veían secretamente. No sé dónde. Sus papás no la dejaban salir casi y la vigilaban. Yo le preguntaba insistentemente, para averiguar algo al menos. ¿Ya tiene dieciocho? ¿Tiene un auto? ¿O una moto? ¿Vive en el pueblo?

Ella no me contó nada, pero una vez —yo tenía una corazonada—, le pregunté: "Es del internado, ¿cierto?". La traicionó la mirada. Había dado en el blanco. "Es un estudiante, ¿cierto? ¿O un profesor?", insistí, pero ella volvió a cerrarse y no pude sacarle nada más.

Entonces, hace un año y medio, durante la hermosa primavera, me la encontré en el bosque, junto al lago. Estaba sentada en la orilla, en una pequeña bahía, y tenía los ojos llorosos. Por supuesto que yo quise saber qué había pasado. "No preguntes", respondió. Primero sospeché de sus papás, pues ya no se entendía bien con ellos, y los hermanos le importaban poco. A la única que quería de toda la familia era a su abuela, que ya tenía más de setenta y todavía manejaba la tiendita del pueblo, pero ella tampoco podía ayudarle. Le ofrecí que viniera a mi casa. "No, Sylvia, pero gracias. Ya pasará. Solo quiero estar sola un rato", dijo.

Esa fue la última vez que la vi.

***

Tres días después había desaparecido. Uno de sus hermanos la vio de lejos mientras se adentraba en el bosque. Le gritó, pero ella no lo oyó... o no quiso oírlo. Como no regresó a casa esa noche ni al día siguiente, la policía organizó un escuadrón de búsqueda. Encontraron uno de sus zapatos y una bufanda de seda hecha jirones en la orilla del lago, justo ahí donde yo la había visto antes. Unos buzos inspeccionaron el lago, pero es grande, profundo y pantanoso, y está lleno de hojas podridas en el fondo.

¿Se suicidó? Pero ¿entonces por qué encontraron solo un zapato y la bufanda hecha jirones? ¿La asesinaron? No encontraron sangre ni más rastros... ni un cadáver. Había desaparecido, y yo me reproché a mí misma por no haberla ayudado. Sea lo que sea que haya pasado con ella, creo que tuvo algo que ver con el tipo del internado con el que se reunía secretamente. Los policías fueron a la Casa Lombardi gracias a mi dato, pero, o no descubrieron nada o decidieron mantenerlo oculto. No arrestaron a nadie, en todo caso. Los rumores se desataron en el pueblo.

Alguien que había sacado los perros al atardecer dijo haberla visto. Unos policías volvieron a inspeccionar la zona, pero nada. Unas semanas después alguien la vio nadar en el lago… pero había vuelto a desaparecer cuando la persona regresó con testigos. Los caminantes decían haber oído gritar y gemir a una mujer joven. Los cuentos de terror se difundieron. Se decía que Mandy vivía ahora en el sótano de la Casa Lombardi… Una especie de fantasma del internado, pero, yo no creo nada de eso. Sin embargo… fue una desaparición extraña. Yo no volví a meterme en el lago, en todo caso. Cuando pienso en que Mandy podría estar por ahí… en alguna parte… me parece espeluznante. De vez en cuando voy a la bahía donde la vi por última vez y enciendo una vela. Eso me hace sentir un poco mejor.

***

Como las cosas son como son, la gente fue dejando de hablar de la desaparición de Mandy. Hasta el incidente terrible de la Casa Lombardi… los muertos… y otra vez una chica desaparecida.

Capítulo **8**

LULÚ ESTABA EN EL SUELO y Simón se alzaba a su lado con la mano estirada. Era la segunda vez que le habían dado un susto mortal en el día, y esta vez se puso realmente furiosa. Le apartó la mano y se levantó.

—¡Estás loco! —gritó.

—¿Cómo así? ¿Por qué?

—¿Cómo así? ¿Por qué? —lo imitó Lulú—. Qué pregunta más tonta. Sales en plena noche, gritas y gimes, te acercas sigilosamente…

—Yo no he gritado ni gemido, y fuiste tú quien salió en plena noche.

—No quiero saber nada de misas negras, en serio. —Lulú pensó en algo de repente—: ¿Fuiste tú el que me encerró en el sótano? ¿Tuviste algo que ver con la sangre esa? ¿Con todas las bromitas pesadas del año pasado?

—No sé de qué estás hablando.

—Te lo diré en buen tono por última vez: para ya, si no, la próxima vez te ganarás una bofetada. Lo digo en serio. Ya me cansé.

—Estás hablando con la persona equivocada, de verdad te lo digo.

—Sin duda. ¡Idiota!

Lulú no solía ser tan agresiva con sus compañeros, con nadie en realidad, pero estaba furiosa con Simón.

Seguro había sido él quien había soltado ese grito espantoso, ¿quién más? Sin embargo, la pregunta era por qué quería asustarla. ¿Qué le había hecho ella?

Simón empezó a reírse entre dientes. El tipo estaba realmente mal de la cabeza.

—¿De qué te ríes?

—Si nos vieran en este momento pensarían que hay algo entre nosotros.

—¡Lo que me faltaba!

—Yo sería el número cuatro.

—¿El número cuatro?

—Lars, Niko, Petzold y ahora yo —dijo Simón, contando con los dedos.

Lulú se quedó casi sin aire. Si hasta Simón, el marginado, había oído esos rumores, no faltaba mucho para que Lars se enterara de que ella y Niko… Quizá ya lo sabía, y a eso se debía entonces la mirada sospechosa que les había lanzado hacía un par de horas… Aunque no quería creerlo, pues Niko era demasiado importante para él como para sospechar que sería capaz de hacerle algo malo, pero eso de decirle Lanzarote —el seductor de Ginebra, la mujer del rey Arturo— era una pullita para provocarlo.

—No deberías creer todo lo que oyes —respondió Lulú con decisión, pero también con cierta debilidad—. Hay unas compañeras odiosas que quieren calumniarme y han inventado un montón de cosas…

Simón asintió:

—Kati y Nicole, sí; la mayoría son inventos, pero lo de Niko y tú…

—No voy a hablar de eso *contigo* —lo interrumpió Lulú.

Él se encogió de hombros.

—Es asunto tuyo. Aunque no te vendría mal enfrentar la verdad. A saber: que por todo el colegio se dice, primero, que estás saliendo a escondidas con Niko y que fuiste tú quien lo sedujo, no al revés; segundo, que él no te importa de verdad, sino que simplemente querías quitárselo a Nicole; tercero, que no tardarás en dejarlo; cuarto, que necesitas conquistarte a todos los tipos guapos, aunque ya estén comprometidos, como Petzold; y quinto, que por eso eres una perra.

Lulú estaba a punto de explotar, pero Simón se le adelantó:

—No digo que yo piense lo mismo.

—Tampoco dices lo contrario.

—Yo simplemente veo los hechos, y no sales muy bien librada. Aun cuando el noventa por ciento de los chismes sean mentiras…

—Lo son.

—… queda el tema de que hay algo entre Niko y tú, ¿o no? Ya sé, ya sé, no quieres hablar de eso, bla, bla, bla. Sin embargo, tengo razón. ¿Sabes qué? Lo que estás haciendo es terrible.

—¡¿A ti qué te importa?! —gritó Lulú, irritada.

—Mucho, porque estás arrastrando a Jenny contigo.

—¿Estás loco? ¡No digas estupideces!

—¡¿Estupideces?! ¡Ajá! —Ahora Simón estaba furioso—. Estás tan ocupada con tu vida amorosa que no te enteras de lo que pasa a tu derecha e izquierda. Jenny es tu mejor amiga y, si actúas como una… como una…

—Dilo. ¡No te contengas!

—Si actúas como una miserable, eso también recae en Jenny porque todo el mundo sabe que ella te apoya y te protege. Hasta ahora la mayoría había estado de tu lado porque eres muy popular y es divertido chismorrear sobre tus aventuras amorosas, pero después de lo de Petzold hay quienes no están muy seguros de que los chismes de Kati y Nicole no sean solo chismes y, si empiezan a acosarte a ti también, acosarán a Jenny.

—Eso es asunto mío y de Jenny. Yo no me meto en las peleas de ustedes por el bebé que están esperando. Ayer se pelearon, ¿cierto? Por eso estabas tan alterado cuando te vi en el cementerio, y por eso estaba tan mal Jenny. Ustedes los hombres siempre están disponibles para hacer los hijos, pero después nos dejan todo lo demás a nosotras.

—No tienes ni idea de nada.

—Tú sí, claro, y sabes tanto de mis problemas…

—Tu problema principal es Lars. ¿Qué crees que pasará cuando se entere de lo que estás haciendo? ¿No te has puesto a pensar en eso? ¿Que él podría acribillar a preguntas a Jenny? ¿Es que solo piensas en ti?

Lulú no quería seguir oyendo esa basura. "Idiota", pensó y se marchó.

Esa noche durmió poco e intranquila.

***

A la mañana siguiente, Lulú pasó un buen rato al frente de la cafetería, insegura de si debía entrar o no. No tenía hambre, pero a lo mejor se decía esto únicamente porque no quería encontrarse con ciertas personas. Para entonces habían llegado más estudiantes al internado, y a través del ventanal había visto a Monique, a Kati…

y a Nicole, la ex de Niko, precisamente. Ninguna de las tres querría hablarle. La única sería Monique, pero con las otras dos al lado no cabía duda de que la ignoraría totalmente. Entonces se armó de valor y entró. Olía a pan recién horneado. A cinco días del comienzo del año escolar no había mucha actividad todavía. El hecho de que estuviera abierta se debía al concepto pedagógico de la Casa Lombardi, que preveía que los estudiantes mayores de dieciséis pudieran pasar el tiempo libre juntos sin necesidad del corsé de las clases y utilizar la mayoría de las instalaciones. Un profesor y el conserje se encargaban de la vigilancia, pero estaban informados de que no debían coartar a los estudiantes.

Aparte de las tres compañeras, que se esforzaron por atravesar a Lulú con la mirada, había solo dos chicos en el otro extremo de la cafetería. Además de Simón, que se estaba sirviendo el desayuno en la barra. Lulú percibió cómo Monique, Kati y Nicole la miraban y cuchicheaban. Quién sabe qué chisme estarían inventando ahora.

Pasó por su lado y les lanzó un "hola", pero ellas no se dignaron dirigirle otra mirada. Por un instante quiso decirle a Nicole algo que pudiera calmar los ánimos, pero no se le ocurrió nada, y además tenía miedo de la reacción. Hasta ahora se habían evitado mutuamente —y evadido de ese modo una confrontación directa—. La batalla se libraba a escondidas y por medio de terceros. Lulú habría querido aclararlo todo antes de que las vacaciones terminaran y hablar abiertamente con Nicole, pero... ¿era la cafetería el lugar indicado para eso?

De repente sintió que todo aquello era demasiado para ella y huyó con pasos agigantados.

Eran las nueve y media y el calor llegaba ya desde todos los lados. No había una sola nube en el cielo, pero el ambiente estaba tan húmedo como el de un sauna.

Lulú corrió hacia la cancha. Deseaba desahogarse con un poco de ejercicio y ya tenía puesta la ropa de deporte: camiseta, pantalones cortos, tenis y muñequeras.

Las palabras de Simón de la noche anterior resonaban en su cabeza. Aunque él había exagerado muchísimo, ella tenía que aclararse y tomar un par de decisiones.

Al pasar junto a uno de los edificios adyacentes, donde estaban las mesas de billar, las máquinas de *pinball* y el futbolín, oyó las voces de Lars y Niko. Estaban jugando al *pinball*. Claro que *jugar* no era la palabra más adecuada. Lars golpeaba la máquina como enardecido, con la cara colorada y, cuando la bola se le escapó, dio un grito como si hubiera perdido toda su fortuna y pateó la máquina dos y tres veces, haciéndola clamar. Lulú nunca había visto tan descontrolado a su novio. Niko estaba menos tenso, él iba ganando, pero también estaba muy concentrado, de manera que ninguno de los dos se dio cuenta de que Lulú estaba en la entrada.

De repente sintió, por instinto, que tenía a alguien detrás de ella.

—Kati.

En sus ojos brillaba todo el odio que sentía hacia Lulú, y que había sentido siempre desde su primer encuentro en la Casa Lombardi. Habría podido verse bonita con el pelo teñido de rubio, la nariz respingada y la piel bronceada, si la envidia y el rencor no le hubieran desfigurado el rostro.

—¿Disfrutando del espectáculo? —le preguntó Kati con desprecio.

—¿De qué estás hablando?

—No te hagas la tonta. Te apostaron a ti. Yo los oí hace un rato. Lo que siempre has querido. Solo falta Petzold.

Antes de que Lulú pudiera replicar, Kati se marchó para darle manivela al chismorreo.

Kati

¿CÓMO? ¿Que me debería dar lástima? Yo no hice nada malo. Lulú la embarró solita. Los otros se las dan de arrepentidos ahora; sí, claro, no fue nuestra intención, seguro, no queríamos que eso pasara, ajá, si pudiéramos retroceder en el tiempo… Me dan ganas de vomitar, en serio. Yo respondo por todo lo que hice. No siento ni pizca de arrepentimiento, en serio, cero. Lulú se lo buscó ella solita.

Lo reconozco: ella nunca me cayó bien, desde el principio. Ahora dicen que me gustaba Lars, pero eso es mentira. Ni porque me lo hubieran servido desnudo en bandeja, de verdad. De todos modos, no quiero hablar de Lars. Mejor hablemos de Lulú, la fanfarrona.

Ella se creía la reina. Estábamos en el mismo curso y como teníamos que hacer todo en grupitos, por el estúpido concepto pedagógico Lombardi, muchas veces quedábamos en el mismo, y Lulú siempre era la que mandaba. Ella abría la boca y todos aplaudían como hechizados y, si yo hacía una propuesta, me la volvían añicos. Lulú es tan graciosa, Lulú es tan servicial. ¿Perdón? Qué ganas de vomitar, en serio.

Lulú no era nada de eso. Solo era graciosa y servicial porque quería ser el centro de atención, pero la manera como me miraba cuando estábamos corriendo y cuando me adelantaba con esa cara de "¿Ya te cansaste?", y la manera como se pavoneaba con Lars cuando yo estaba cerca, y como se apoderaba siempre de todos los balones en los partidos de voleibol aunque yo estaba mucho más cerca de la red que ella, y como desacreditaba todo lo que yo proponía o escribía para el periódico escolar… todo eso lo hacía intencionalmente. Ahora dicen que ella nunca habló mal de mí, pero ese era su truco, un truco muy refinado.

Ese es precisamente el asunto. Ella era una bestia refinada. Yo soy demasiado franca. Siempre lo he sido. Simplemente no puedo soportar la falsedad.

Lo que pasó con Lars y Niko es la mejor prueba. Yo nunca haría nada parecido. Si me canso de un hombre le digo adiós, se acabó, pero Lulú no podía darse por contenta. ¿Para qué contentarte con uno si puedes tener dos? ¿Por qué no tres o cuatro? Esa clase de mujeres terminan estampándose contra la pared tarde o temprano y, en el caso de Lulú, fue más temprano que tarde. Así es la vida.

Alguien tenía que bajarla de la nube, y la historia con Niko era la oportunidad ideal para darle su merecido. Nicole era demasiado insegura y habría parado al cabo de una semana, pero yo le dije que no, que teníamos que atacar con toda, y entonces proclamé a cuatro vientos lo que Lulú le había hecho a la pobre Nicole.

La mecha no agarró bien al principio. Claro, a nadie le gustaba lo que estaba pasando… porque Lars también era muy popular. La mayoría se hicieron los de la vista gorda encogiéndose de hombros, pero un día encontré a Nicole con una cuchilla en la muñeca; me miró con cara de deprimida y me dijo que quizá lo haría algún día. Entonces salí a contarlo por los pasillos, con cierta dramatización, y —¡abracadabra!— la corona se le empezó a tambalear a Lulú. La fábrica de rumores había empezado a trabajar a toda máquina.

Yo habría podido frenarme en ese momento, pero Lulú cometió un error: se metió conmigo.

Una noche, al regresar de la cafetería a mi habitación, encontré que la puerta estaba abierta y que alguien había escrito "¡Muérete, bruja!" en el espejo de mi baño, con pintalabios o tinta roja.

Nicole encontró la misma amenaza y solo podía ser obra de Lulú. ¿De quién más? Heiko opinó lo mismo; yo estaba saliendo con él en ese momento. De modo que Heiko, su amigo Ritchie, Nicole y yo decidimos cobrársela secretamente, pero no contándole a todo el mundo, pues no teníamos pruebas.

Si Lulú quería guerra, guerra tendría. Entonces Heiko le hackeó el computador y le metió un virus, de manera que cada vez que lo encendía le aparecía un fotomontaje que la mostraba teniendo relaciones sexuales en posiciones absurdas. También le pidió cosas como vibradores y consoladores de catálogos eróticos. Nicole llamó a los papás de Lulú y les dijo cosas —como que su hija era una zorra o algo así—, disimulando la voz en el auricular.

Yo… El punto débil de Lulú era Lars. Él no se había enterado de lo que estaba pasando. Nunca fue demasiado brillante, en verdad, y yo opinaba que el pobre diablo se merecía que se lo contaran o que al menos le dieran una pequeña pista.

Entonces le metí un papelito en el buzón, en el que escribí: "Hola, Arturo, adivina cómo y con quién se entretiene tu damisela". Esto se me ocurrió en la clase de inglés cuando estábamos hablando de los caballeros de la Mesa Redonda. Supongo que Lars tardó un poco en entender el mensaje, y aun así le costó aceptar la verdad.

Entonces Lulú salió de repente con su historia sobre Petzold. Yo no le creí ni una sola palabra. Era demasiado obvio. Quería hacerse la víctima para ganar adeptos, pero yo no caí, ¡no, señora!

Me encargué de que hiciéramos una votación para sacarla del equipo de voleibol (en la Casa Lombardi todo se decide con votaciones), y argumenté que Petzold era nuestro entrenador y que nuestro rendimiento se vería afectado si un miembro del equipo presentaba una acusación tan grave contra él. Lulú ganó con catorce votos contra seis, pero quedó afectada, de todos modos.

Nos fuimos de vacaciones.

Que quede bien claro en todo caso: yo luché siempre abiertamente. Todos sabían lo que opinaba de Lulú y no hice nada a sus espaldas hasta que ella me dejó la amenaza en el espejo. Cobarde. Nicole estaba frustrada, y yo le ayudé. Lars era el cornudo, y yo le ayudé a ver la realidad. Petzold era un entrenador excelente, y yo lo apoyé. ¿Ahora me critican a mí? Además, todo eso pasó dos meses antes de… la tragedia. ¡No pueden echarme la culpa!

La última vez que hablé con Lulú fue el día antes de… la tragedia. Niko y Lars la habían apostado a ella al *pinball*, y yo le dije lo que estaba pasando. Eso fue todo. No le eché sangre en el cuarto ni la encerré en el sótano…

Eso fue hace casi un año, y todavía me llegan correos y mensajes odiosos, diciéndome que tuve la culpa de todo. En Facebook dicen cosas sobre mí, y ahí opina gente de todo el país. Incluso he leído comentarios en otros idiomas, de gente de Inglaterra, Francia, Australia, Saskatchewan… ¡Saskatchewan! ¿Dónde rayos queda eso? Es increíble. En serio. ¡Todos están mal de la cabeza!

Capítulo **9**

LULÚ SE ACOSTÓ en uno de los botes del colegio y contempló el cielo. Ya lo había hecho antes y siempre la hacía sentir bien. El suave movimiento del bote, el borboteo sordo del agua al chocar contra la madera, el juego de los haces de luz, alguna libélula brillante… todo eso la tranquilizaba. Los únicos que la molestaban eran los mosquitos, que revoloteaban en enjambres sobre el lago y tenían la fastidiosa costumbre de meterse en la boca y los ojos. Por eso cerró los párpados, respiró profundo y trató de moverse lo mínimo posible para no volver a empezar a sudar. El aire estaba detenido, como en una habitación cerrada.

Cuando el bote se sacudió con fuerza al cabo de un rato, abrió los ojos.

—¡Hola! —exclamó Lars, sonriendo de oreja a oreja—. Sabía que te encontraría aquí. Estás de ánimo pensativo, ¿no?

Lulú se incorporó.

—Tú, festivo, por lo visto. ¿Ganaste?

—¿Eh?

—Kati me contó que me apostaste al *pinball* con Niko.

—¡Ah! Kati, esa arpía.

—¿Dijo mentiras la arpía?

Lars puso los ojos en blanco.

—No, pero… ¿qué importa? ¿Cuál es el problema?

—¿Qué importa? ¿Eso es lo único que se te ocurre? ¿No tengo voz ni voto en el asunto? Te equivocaste de siglo si crees…

—Ya cálmate un poquito. Relájate. Voy a remar al lago, ¿bueno? Le robé la llave del candado al conserje. ¿Estás lista? Vamos.

Entonces se quitó la camiseta y se puso a remar. El bote dejaba sus huellas veloces en el agua. No cabía duda de que Lars quería impresionarla con su fuerza. Siempre había sabido cómo lucirse y, en efecto, su apariencia y su cuerpo musculoso habían sido lo primero que atrajo la atención de Lulú.

El sudor empezó a brillar en su piel después de un minuto.

—Vamos a meternos desnudos al lago —dijo—. Luego descansamos en el bote y después buscamos un lugarcito bonito en la orilla y… bueno… sorpresa. No te preocupes, traje protección. —Lars le hizo un guiño seductor.

Lulú suspiró y negó con la cabeza:

—No me pusiste atención —murmuró. Las palabras brotaron de su interior como de un recipiente rebosado—. En realidad, nunca me pones atención. Simplemente tomas todo lo que quieres… mi día… la llave del bote…

—¿Desde cuándo te volviste tan quisquillosa? El conserje no nos habría dejado si se lo hubiera pedido.

—El bote me importa un pepino —gritó Lulú—. Lo importante es que crees que soy una copa a la que le pones un condón.

Lars guardó silencio y remó más rápido, como si estuviera huyendo de algo.

—Por si no te has enterado —añadió ella—, no soy una fotografía de Lukas Podolski con su autógrafo ni un tiquete para un concierto de One Direction. Nadie puede apostarme en un juego, mucho menos al *pinball*. ¡Un juego de *pinball*! No creas que no voy a cantarle las verdades a Niko, como a ti, pero seguro que fue idea tuya. Es tu estilo, claramente. Crees que uno puede resolver cualquier problema con una apuesta. ¡Ya deja de remar!

Lars dejó caer los remos inmediatamente, rechinando los dientes.

—¿Qué diablos es esto? ¿Un sermón? Está bien, tenemos que hablar. Los gorriones cantan tu romance con Niko desde todos los tejados. Hasta en el pueblo es un tema. Todos los habitantes lo saben, solo yo fui el último en enterarme. Vamos a hablar sin rodeos, perfecto, me parece bien, pero bájale al tonito, que no puedo soportarlo. Además, es absurdo que seas tú quien se las dé de virtuosa. ¡No puedes permitírtelo! ¡No *tú*!

Lulú respiró profundo. Sabía que él tenía razón.

—De acuerdo —dijo y le bajó al volumen y al grado de agitación.

Los dos guardaron silencio un rato y, como no parecía que Lars quisiera abordar el tema, lo hizo Lulú. En realidad era tarea de ella, pero no le resultaba fácil, de todos modos. Tenía la sensación de que era el final de algo que había sido muy bonito, pero con Niko era simplemente… más bonito o, mejor dicho, Lulú se había desarrollado, transformado y ahora le importaban cosas que Niko personificaba: un poco de romanticismo, de creatividad, de ternura, algo más que el deporte y la apariencia física, jugar a la parejita perfecta, etcétera.

—Bueno, Lars, tienes que haberte dado cuenta de que últimamente las cosas no son como antes entre los dos.

—Sí, por Niko.

—No, antes de Niko.

—No estoy de acuerdo —dijo él con gesto obstinado.

—Seamos honestos —dijo ella, y poco a poco le iba resultando menos difícil.

A lo mejor se debía a que estaban solos en medio del lago, tan lejos de los demás. Era más fácil hablar en aquel aislamiento. Lo que hablaran ahí, quedaría entre ellos.

—Cuando notaste que yo necesitaba un poco más de tiempo para mí —continuó Lulú— me lo quitaste en vez de dármelo. Saliste a correr conmigo aunque sabías que prefiero correr sola. De modo que sí te diste cuenta de que nuestra relación había cambiado.

—Correr solo… es una tontería.

—Esa es tu opinión, no la mía. Te lo he dicho más de una vez, pero no me haces caso. Eso es a lo que me refiero. Eres así con muchas cosas. Crees que tienes derecho sobre todo lo que te gusta, pero eso no funciona. No tienes ningún derecho sobre mí ni mi tiempo y amor. Puedes ser el rey del *pinball*, pero eso no cambia nada. Niko es distinto…

Lars le lanzó de repente una mirada furiosa, hostil.

Ella continuó:

—Sé que no es agradable que te hable así de otro chico, pero de alguna manera tengo que explicarte cómo sucedió, ¿no? Niko es más prudente, me da más espacio y yo lo necesito. Es como que él logró tocar una fibra sensible en mí… y yo… —Tragó saliva. No podía evitar más la siguiente frase—. Yo me enamoré de él. Bueno… ya lo dije.

Siento mucho haber jugado un juego doble durante tanto tiempo. No quería, pero no estaba segura…

—Si me dejas —la interrumpió Lars—, me mato.

Lulú quedó tan horrorizada que enmudeció.

—Lars… No puedes decir eso.

—Me mataré, te lo juro. Me tiraré al lago con una piedra o me ahorcaré. Ya verás. Lo haré.

Un silencio profundó envolvió a Lulú. El bote flotaba suavemente en el lago, meciéndose. Todos los sonidos parecían haberse apagado. Lulú se frotó la mejilla.

—Creo que sé de dónde te viene eso —susurró, compungida—. Me refiero a tu miedo a no obtener lo que deseas, o a perder algo. Cuando a uno los papás lo han tratado como a ti…

—No los metas a ellos en esto —le advirtió él.

—Puedo entender que tú…

—¡Cállate! —gritó Lars y se levantó.

El bote se sacudió y los dos estuvieron a punto de caer al lago, pero lograron estabilizarlo en el último instante.

—Bueno, ya basta —dijo Lulú—. Realmente traté de hablar razonablemente contigo.

Él se tapó las orejas. Ella sintió lástima y furia al mismo tiempo. Amenazarla con suicidarse… Era como un puñetazo en el estómago. Él tenía que controlarse primero para que pudieran seguir hablando.

—Quiero bajarme. Llévame a la orilla.

Como él no apartó las manos de sus orejas, ella lo hizo y se las apartó.

—Te dije que me llevaras a la orilla, por favor. Podría ser ahí. Regresaré caminando sola. Así podrás reflexionar sobre lo que me dijiste.

Entonces, él la llevó hasta el agua panda, lentamente, a regañadientes. Lulú se quitó los zapatos, salió del bote de un brinco y caminó pesadamente hasta la orilla, y desapareció en el bosque sin mirar atrás.

Rara vez había estado tan agitada. Nunca nadie le había dicho algo tan espantoso y, cuando le había gritado, sus ojos le habían lanzado una mirada asesina, como una chispa metálica. Por un instante, Lulú había llegado incluso a sentir miedo de Lars, ¡*su* Lars!

Se mantuvo cerca de la orilla, caminando rápida y decididamente, pero poco después de haber dejado a Lars atrás tuvo que reconocer que no tenía ni la menor idea de dónde estaba. El lago tenía muchas ramificaciones y había recodos en los que no había estado nunca, así como reservas naturales donde se refugiaban los pájaros. Trató de orientarse. La orilla estaba cubierta de carrizos que serpenteaban entre las curvas y el bosque era denso.

Al cabo de media hora llegó a una pequeña bahía arenosa y se sentó en el borde del agua. Las olas pequeñas bañaban sus pies ardientes. Le hacía mucho bien sentir algo suave, y pensó en Niko y sus canciones, que eran precisamente así: suaves, tiernas. El bote desapareció de su vista en ese instante, a lo lejos, y entonces supo —sí, ahora estaba segura— que estaba enamorada de Niko, y de un modo muy distinto a como había amado a Lars. Él la había encantado desde el principio: su rostro, su atractivo físico, su actitud masculina, a veces incluso su dominación, pero ella no había superado nunca la etapa del encantamiento. No había evolucionado. Al pensar en Niko ahora había mucho más, no solo ciertos rasgos característicos de su personalidad, como que tenía una voz preciosa y una veta romántica, que era musical... Lo amaba como persona entera. Por ejemplo, había hablado largamente con él sobre la muerte de sus papás, y había sido una conversación muy íntima sobre un tema muy triste. Niko le mostraba sus debilidades. ¿Podía haber una prueba de confianza más grande que esa? Solo de vez en cuando lo invadía algo que lo llevaba a aislarse en el bosque, o quién sabe dónde, pero ella le permitía esos cambios de ánimo, breves y ocasionales, debido a su pasado.

Lars era distinto. Se las daba de fuerte siempre, aunque en realidad era bastante vulnerable y se aferraba a ella como un náufrago a una tabla. A Lulú le dolía profundamente, pero ella no era una tabla de salvación que solo servía para sostener a alguien en el agua. Alguien que, en caso de que ella se negara, la amenazaba con no hacer ningún intento por nadar y dejarse hundir.

Lars la había chantajeado con matarse y esto la hacía sentir peor que si la hubiera amenazado con matarla. Eso habría sido menos duro, pues así habría podido odiarlo y despreciarlo. Habría podido sacarlo de su corazón sencillamente.

Eso era lo que el profesor de Filosofía llamaba un dilema. Lo habían estudiado el año anterior. Lo contrario a una situación en la que todos ganan. Lulú solo podía perder. Ahora que sabía que amaba a Niko —y solo a Niko— corría el peligro de verse involucrada en la muerte de alguien a quien todavía quería y cuyo pasado la conmovía. A lo mejor no sería la culpable de su muerte, pero estaría involucrada de alguna manera, y eso no se lo perdonaría nunca.

Niko tenía que hacer algo. Él tenía una comunicación particular con su amigo. Ahora que la verdad había salido a la luz, Niko podía hablar abiertamente, y Lulú estaba segura de que él podría arreglar las cosas con Lars y, cuando esto quedara aclarado, todo lo demás se desvanecería… los chismes, los incidentes extraños que seguramente no eran más que acoso escolar…

Se sentía un poco aliviada, en todo caso; se sentía tan bien como no se había sentido desde hacía muchos días, y de repente se descubrió tarareando una canción, *la* canción de Niko.

Entonces sintió una profunda añoranza de él, sacó el celular y le escribió un mensaje: "¿Nos vemos en una hora en el pueblo? ¿Para comer helado, pasear…? Solo los dos". Veinte segundos después recibió una carita feliz.

Lulú se alegró. Todavía le quedaba algo de tiempo hasta la hora del encuentro y contempló el lago, pensativa. Examinó la bahía arenosa con más atención. Era una bahía apartada, muy bonita, y el sendero que llevaba al bosque indicaba que solía ser visitada por los habitantes del pueblo, seguramente por parejas.

Su mirada cayó de repente en unas velas rojas consumidas, puestas entre las raíces de los árboles; probablemente los restos de un pícnic o una pequeña fiesta, pero entonces vio también una fotografía, en un forro de plástico. Esto picó su curiosidad y se acercó.

Era la fotografía de una chica, más o menos de su edad. El sol había desteñido la imagen y ya no se podían reconocer sus rasgos. Sin embargo, Lulú notó que la chica se parecía un poco a ella… La forma y el color de los ojos, el mentón ligeramente afilado, el peinado… ¿Qué significaría aquella fotografía? ¿Quién la habría puesto ahí? La chica debía de haber muerto en el lago. ¿Habría sido un accidente? ¿Un asesinato? ¿Un suicidio?

Esto la entristeció. Morir tan joven… terrible. Se acostó en la arena caliente y pensó en eso, pero el cansancio la invadió sin que se diera cuenta y se durmió.

***

Lulú se despertó por un grito; agudo, atormentado y prolongado, como de una mujer enloquecida por el miedo. Era como el grito que había oído la noche anterior. Se levantó de un brinco y miró a su alrededor.

El grito se había apagado. No había nadie a la vista. Al mirar de reojo notó que algo había cambiado en la pequeña bahía. Despacio y asustada bajó la vista al suelo… donde alguien había escrito con sangre: ¡CRY![4].

El primer instinto de Lulú fue echar a correr, a donde fuera, lejos de ahí, en todo caso, pero la razón venció al miedo. La persona que había escrito eso, quienquiera que fuera, habría podido sorprenderla dormida y hacerle algo si hubiera querido. Alguien quería atemorizarla, pero ¿por qué? ¿Qué significaba eso? ¿Cry? ¿Acaso se refería al grito que había oído antes? ¿O era un grito de auxilio? ¿Alguien le decía que gritara? ¿O que llorara? ¿Era esa palabra una señal de algo que había sucedido o que estaba por suceder?

Mientras recorría el bosque en dirección al pueblo, no podía quitarse de encima la sensación de que estaba siendo observada, pero por más que se esforzaba no lograba ver a nadie. Solo cuando salió del bosque y caminó por un angosto sendero entre los maizales, vislumbró de repente a

---

4. Grito, aullido, llanto.

un hombre que parecía haber salido de la nada y la seguía. El corazón le latía cada vez más fuerte a medida que el tipo se acercaba y, cuando él la alcanzó finalmente, la miró brevemente para luego seguir adelante, sin mirar atrás.

Después no se encontró con nadie más hasta llegar al pueblo, donde Niko estaba esperándola.

La sola imagen la tranquilizó. Cuando él la abrazó deseó permanecer así para siempre, no tener que soltarlo nunca. Como siempre, él irradiaba algo diferente... Parecía anclado a tierra. No había nada de indiferente en su serenidad. Entonces Lulú volvió pensar en lo distintos que eran Lars y Niko, aunque los dos compartían un pasado parecido. Lars parecía creer que él había pagado un tributo y que no tenía por qué aceptar más pérdidas por eso. Se había convencido de que ahora todo debía suceder como él quisiera. En cambio, Niko se sentía agradecido por cada nuevo día, y recibía las cosas bonitas de la vida como un préstamo que debía tratar con mucho cuidado.

—Quiero estar sola contigo —deseó Lulú.

—Estamos solos.

—De manera permanente. En una isla desierta, donde no haya colegio ni hombres idiotas ni chicas crueles ni profesores pervertidos. Solo tú y yo.

—Yo Tarzán, tú Jane.

Lulú tuvo que reírse con esta idea. Qué bien se sentía. Niko había llevado la guitarra y la sacó en ese momento.

—La última canción —dijo—; la escribí en las vacaciones, cuando me hacías tanta falta que no podía soportarlo.

Se sentaron en una banca, a la sombra de un tilo, y él tocó la canción.

Niko

Waking up in the moonlight.
You're away and I miss you so badly.
It doesn't feel right
to be without you.
I am in love with you madly.
Oh, I'm so blue
Playing for hours, Lulú.
[…][5].

TOCO LA CANCIÓN TODOS LOS DÍAS, hasta tres o cuatro veces seguidas, incluso más, como una súplica. Como si pudiera sanar una herida. A mis compañeros de apartamento —hace unas semanas cumplí los dieciocho y dejé el colegio— no les molesta, y ellos me caen bien, pero de todos modos no entienden mi tormento. Dicen que eso no me traerá a Lulú de vuelta, y me llevan a fiestas o me ponen a hacer aseo, mercado, etcétera. Sus intenciones son buenas, claro, pero no saben nada.

***

5. Me despierto a la luz de la luna. / Estás lejos y te extraño terriblemente. / No se siente bien / estar sin ti. / Estoy enamorado de ti locamente. / Estoy tan desanimado / tocando durante horas, Lulú.

¿Por qué me haces esto, Lulú? ¿Por qué? ¿Porque no fui lo suficientemente fuerte? ¿Porque no pude protegerte? ¿Por ese motivo?

Tengo miedo, de verdad. Miedo de olvidar, de olvidar cómo eras. Tengo fotografías, claro, miles de fotografías, en el celular y demás: los ojos, los labios, el pelo, las manos. Es una mierda. Tus ojos no brillan con vida en las fotografías, están petrificados. Tus labios no tocan los míos. Tu pelo no se mueve ni un centímetro, por más que sople el viento. Tus manos no irradian el calor que sentía cuando acariciaban mi barbilla, mi pecho, mi espalda, ni el frío de un día de primavera, cuando me encantaba frotarlas. ¿Tu voz y tu sonrisa? Los cortos videos que tengo me cuentan siempre lo mismo, una y otra vez. No puedo preguntarte nada…

Solo aquí, solo aquí puedo hacerlo: ¿por qué no me llamas, Lulú?

Conozco el informe de la policía, claro. Lo conozco mejor que los policías que lo escribieron. Tengo una copia en el cajón de mi escritorio, y a veces me levanto en plena noche y lo leo por enésima vez… o salgo de la ducha, empapado, y no puedo hacer nada más que buscarlo. Sigo esperando que haya habido un malentendido, que alguien haya pasado algo por alto. Fui a la plaza del pueblo, donde te toqué la canción por primera vez… y última. Fui al lago donde pasó todo. Te busqué por todas partes, o mejor dicho, algo de ti… tu olor, tu risa. Lo mismo que hacía después de la muerte de mis papás. Me escondía en algún lugar con una bufanda de mi mamá o la pluma estilográfica de mi papá. En el bosque, por ejemplo, porque a mi mamá le encantaba pasear por el bosque, o cerca de una cancha de tenis donde oía el golpeteo de las pelotas durante horas porque a mi papá le encantaba ese deporte. Ahí palpaba los objetos, los olía... En esos momentos estaba aislado, ausente... pero nunca fueron tan terribles como ahora, cuando pareciera que también te perdí a ti.

Todos me dicen y me escriben lo mismo: acéptalo. Los policías, los periodistas, tus papás, mis compañeros de apartamento... pero se equivocan. Puedo sentirlo: todavía estás aquí, en alguna parte, en mi mundo.

Por eso canto. Cantar es como llamarte, y llamaré hasta que regreses a mí, o yo a ti.

Capítulo **10**

LULÚ NO PODÍA DEJAR DE PENSAR en la chica, aunque habría preferido hacer o pensar en muchas otras cosas en ese momento. Niko estaba con ella tocando la guitarra, regalándole una canción. Ella tenía la nuca en su regazo, había doblado las piernas y un pie se mecía en el aire. Un viento suave le acariciaba la piel, el sol brillaba entre las hojas… Estaba casi feliz en esos minutos, pero aun así no podía sacarse de la cabeza a la chica a la que no conocía y de la que solo había una fotografía desteñida.

—¿No te gustó? —preguntó Niko.

—Es hermosa —respondió Lulú honestamente, pero él se dio cuenta de que estaba distraída.

Niko tenía un olfato muy sensible para reconocer sus estados de ánimo.

—¿Es por Lars? Se pelearon, ¿cierto? Cuando regresó del bote azotó la puerta con tanta fuerza que hizo temblar el edificio.

—Amenazó con matarse si termino con él.

—Qué fuerte, pero él no es así. Hablaré con él.

—¿Hoy mismo?

Niko asintió, y Lulú suspiró aliviada.

Él le arrancó un par de acordes a la guitarra, después se detuvo.

—Hay otro problema, ¿cierto?

—¿*Otro problema*? Tengo tantos problemas como las otras chicas tienen zapatos: lo de Petzold, después el loco de Simón que no hace sino atravesárseme en el camino constantemente, los montones de chismes... y luego esos incidentes extraños.

Le contó lo que le había pasado hacía solo una hora junto al lago.

—Ese grito tenebroso, Niko... Era como si estuviera gritando *ella*.

—¿Ella?

—La chica. Como si estuvieran en juego los últimos segundos de su vida.

La mano de Niko se posó en su frente, la acarició, jugueteó con un mechón de pelo.

—Sabes que eso no es posible.

—Yo tampoco creo en los fantasmas, pero de todos modos es muy extraño porque... tengo una especie de conexión con esa chica. No puedo explicármelo. Ni siquiera sé cómo se llama.

—Mandy.

Lulú se incorporó y lo miró, sorprendida.

—¿Cómo lo sabes?

—En el colegio pusieron un anuncio de la policía. Tú sabes, por si alguien había visto algo o sabía algo. Tú no estabas en ese momento, por la malaria.

Lulú se acordó con desagrado. Había pasado un mes entero aburriéndose en una habitación individual en el hospital.

—¿Qué fue lo que pasó con ella?

—Se ahogó, según tengo entendido —respondió Niko—, pero nunca encontraron el cuerpo.

—¿Eso quiere decir que… todavía está en el lago?

—Ni idea.

—¿Cómo se ahogó? Es decir, ¿la…? ¿O ella…?

—No puedo decírtelo, Lulú. Lo mejor sería que le preguntaras a alguien del pueblo.

—¿A quién? No conozco a nadie.

La mirada de Niko se dirigió a la tienda.

—¿No me habías prometido un helado?

La anciana que estaba detrás del mostrador parecía como si estuviera a punto de desvanecerse. Era bajita y delgada, tenía la piel tan cenicienta como el pelo, que llevaba recogido en una moña desgreñada. Sus aguados ojos grises albergaban toda la angustia de una vida entera, y Lulú dudó en preguntarle precisamente a aquella viejita frágil sobre la tragedia que había tenido lugar en el pueblito hacía quince meses. Sin embargo, al poner el dinero en la barra, su mirada cayó en una fotografía pequeña que estaba clavada en la pared: Mandy.

—¿Quién es esa chica? —preguntó Lulú, armándose de valor.

No obstante, en vez de un gesto de tristeza, como se había temido Lulú, en el rostro marchito de la anciana se dibujó una sonrisa alegre.

—Mi nieta. Se llama Mandy, ¿sabías? Era una niña maravillosa. Me visitaba al menos dos veces por semana. Entonces hablábamos. Ella siempre me contaba todo… o casi todo. "Abuela, decía, eres mi mejor amiga". Yo le decía: "Niña, este pueblo no es para ti. Está bien para mí, para tus papás, para tus hermanos… pero tú no perteneces aquí, por más triste que me parezca". —De repente se acordó de algo—. Espera.

Entonces atravesó una puerta que llevaba directamente de la tienda a su apartamento y regresó con un álbum de fotografías.

Lulú solía darse a la fuga al ver un álbum, pero esta vez se quedó y vio pacientemente las fotografías de Mandy de bebé y de niña, antes de que llegara la parte interesante.

A la anciana también le pareció que había un cierto parecido entre Lulú y Mandy.

—Tú también eres preciosa, como Mandy —la elogió.

Al pasar una página, a Lulú le cayó en las manos un pequeño fajo de fotografías que no estaban organizadas. Eran distintas a las demás. Eran como unas instantáneas, muy poéticas. La mayoría eran retratos de Mandy. Quien hubiera tomado aquellas fotografías la había mirado con unos ojos muy distintos a los de sus papás.

—¡Ay! —dijo la abuela—. Estas las encontramos entre sus cosas.

La tristeza de Mandy, pero también sus ganas de vivir, saltaban a la vista en esas fotografías.

Al ver la última del fajo, Lulú se quedó petrificada. ¡Imposible!

—¿Qué… qué hace él aquí?

La fotografía era una típica *selfi*. Dos caras sonrientes, mejilla con mejilla.

La anciana se acomodó las gafas y observó la imagen.

—No sé quién es. Mandy siempre fue muy reservada en lo relacionado con sus amigos. Me parece conocido, pero no estoy segura… ¿Es del internado? ¿Lo conoces?

¡Claro que lo conocía!

Lennart

LA HABÍA VISTO CORRER por el pueblo varias veces. Llevaba el pelo recogido en una cola de caballo que se mecía de
un lado a otro. Usaba una camiseta ceñida de ese material
brillante que se llama… licra, ¿cierto? Pantalones cortos y
pescadores en invierno. ¡Qué cuerpazo, Dios mío! La mayoría de las veces llevaba audífonos y nunca pude saber
qué música escuchaba; en ese caso me la habría comprado.

Su estilo era… no sé cómo decirlo… Corría siempre
con el mismo ritmo, con pasos largos, pero no demasiado
rápido, y me parecía que se veía bien. Segura de sí misma.
La expresión de su cara era: concentrada, seria y aun así…
muy relajada.

La primera vez que la vi, pensé: "¡Huy, huy, huy!". Era
muy distinta a las chicas del pueblo, sin incluir a Mandy,
claro. Mandy también era una que… era diferente, pero
Mandy estaba muerta; bueno, no antes, pero sí poco después de que viera a la corredora por primera vez. Se le
notaba que era de otro lado, probablemente de la capital, y que después de dos o tres años regresaría a ese otro
lado y se olvidaría de este pueblo. Era una chica caída del
cielo. De esas que alguien como yo solo encuentra una vez
en la vida.

Al principio no tenía un recorrido definido, a veces
corría por aquí y otras por ahí. Creo que el pueblo no
le gustaba y trataba de evitarlo, pero como eso no le

funcionaba, decidió bordearlo pasando justo por la casa de mis papás, delante de mi ventana.

Yo quería conocerla, por supuesto. Pero ¿cómo puedes hacer eso con una chica que siempre está corriendo cuando la ves? No podía atravesarme en su camino y decirle: "Hola, soy Lennart". Entonces seguí observándola. La veía un minuto al día, hacia las seis de la tarde, o hacia las cuatro cuando anochecía más temprano. Me sentaba en el jardín detrás de un arbusto o del pino, esperaba, y ella aparecía en algún momento por la esquina; corría junto a nuestra cerca, yo la miraba, y ella desaparecía. Podría haber seguido así eternamente.

Yo no creo en el destino ni nada de eso, más bien en las casualidades, y lo que pasó entonces fue una casualidad. Se le cayó una llave del bolsillo, no muy lejos de nuestra casa; yo lo vi desde mi arbusto y ella no se dio cuenta. Entonces recogí la llave y al día siguiente me atravesé en su camino.

"Creo que se te cayó ayer —le dije—. Lo vi desde mi ventana, por casualidad. Es tuya, ¿cierto?".

"¡Qué bien! La estaba buscando", me dijo y se alegró muchísimo. Era la primera vez que la veía sonreír. Eso fue... ¡increíble! Estaba tan sorprendido que se me olvidó decirle mi nombre. "Muchísimas gracias —me dijo—. Es muy amable de tu parte".

Luego se marchó.

¡Qué idiota fui! Si le hubiera dicho mi nombre ella me habría dicho el suyo. Es lógico, ¿no? Cuando uno se presenta, el otro lo hace también, y un nombre no es un número de celular, pero al menos habría sabido cómo se llamaba mi chica. No saber ni siquiera el nombre es una mierda.

Uno puede decir el nombre en voz alta, una y otra vez. Creo que eso da esperanza. Hasta pensé en inventarme un nombre para ella, pero eso no es lo mismo. Si se le hubiera caído el carné… o si yo hubiera abierto la boca.

No podía dejar de pensar en eso desde entonces. El nombre… el nombre… el nombre. Tenía que averiguarlo. Pero ¿cómo? Busqué en todas las redes sociales… miré miles de fotografías… en vano. Ella seguía corriendo todos los días junto a nuestra casa. Yo a veces fingía que tenía que hacer algo en el jardín y ella me saludaba con la mano y me sonreía, yo hacía lo mismo, pero no se detenía nunca. No saber su nombre iba enloqueciéndome.

Poco después tuve que empezar mi formación como mecánico automotor. Conseguí un puesto en el pueblo, lo cual era genial, pero el taller estaba en la plaza y ella nunca corría por ahí. Como terminaba a las cinco, regresaba volando en mi motocicleta, y a veces tenía suerte y ella pasaba un poco más tarde, y entonces volvíamos a saludarnos con la mano.

En algún momento se me ocurrió que podría encontrármela en la motocicleta (mis papás me la regalaron cuando cumplí los dieciséis), al pasar "casualmente" por algún punto de su recorrido. Poco a poco fui averiguando lo que quería, y desde entonces volvimos a vernos con más frecuencia, a veces en el sendero, otras en el bosque, otras junto al lago…

Sin embargo, aún no había podido resolver el problema del nombre, y la motocicleta tampoco podía ayudarme, pues era una estupidez preguntarle a una corredora si necesitaba que la llevara a alguna parte. Ninguno de mis compañeros se dio cuenta de nada porque tuve mucho cuidado. Se habrían burlado de mí hasta el cansancio y todo el pueblo se habría enterado. Por eso me cuidaba mucho, pero podrían haberlo notado de todos modos. Por ejemplo, porque era el único que defendía a los estudiantes del internado cuando los criticaban: "Arrogantes, engreídos, consentidos". Yo me oponía siempre e inventaba algo, como que acababa de encontrarme con un par de ellos y se habían interesado en mi moto o que había tenido una charla agradable con dos de ellos. No quería que nadie pensara mal de la chica que seguía saludándome con la mano entre dos y tres veces por semana y, si alguien pensaba mal de todos los lombardistas, entonces también pensaba mal de ella, y eso no podía soportarlo.

No volví a interesarme por ninguna otra chica. Ella era la única: la corredora sin nombre.

Un día, hacia el final de mi primer año de formación como mecánico, dejó de correr sola, de repente. Ahora iba con un tipo al que yo había visto corriendo por el bosque un par de veces: rubio, de mi edad, tipo Ironman, que corría sin camiseta en el verano. Musculoso... arrogante... cabrón. Me había mirado mal a mí y a mi moto al correr por mi lado, de arriba abajo, como diciendo: "este pobre pueblerino que se me atraviesa en el camino con su moto barata". Yo habría podido darle un puñetazo, más aún después de haberlo visto corriendo con mi chica.

Ella casi no me saludaba desde entonces y, si lo hacía, el cabrón se reía y a veces ella se reía con él, o la besaba, o le agarraba la mano, o la cadera. Ahora la veía con más frecuencia porque su nuevo recorrido pasaba justo por delante del taller. Pero ¿de qué me servía? Me daba más rabia que alegría.

El cabrón me saludó con la mano una vez y me sonrió con desprecio, como burlándose de mí, y esa noche me prometí que me las pagaría. Era más fornido que yo, cierto, y no habría podido ganarle en una pelea. Aunque seguramente habría podido convencer con un par de trucos a dos compañeros para que lo agarráramos y le diéramos una paliza, pero eso solo me habría quitado puntos con mi chica.

No sé cómo no se me había ocurrido antes la idea de que yo también podía correr. Los corredores suelen ejercitarse juntos, aunque no sean amigos. Lo he visto en la tele. En todo caso es una buena… ¿cómo se llama?… cuando uno tiene algo de qué hablar… y todo lo demás se va dando después.

El caso es que me propuse ser mejor que el cabrón ese, incluso mejor que mi chica, y corrí todo lo que pude. Corrí cada vez más y más rápido. Al final corría casi dos horas diarias, antes y después del trabajo, pero lejos del recorrido de ellos, por supuesto. Ni el invierno helado pudo detenerme. En verano, después de ocho meses de entrenamiento, estaba realmente en forma.

Sin embargo, todo sucedió de una manera diferente a lo planeado. Otra casualidad extraña sucedió: un día, iba por el bosque en mi bicicleta, cerca del lago, cuando vi a mi chica de la mano de un tipo al que no conocía: pelinegro, melenudo, flacuchento. Estaban en una pequeña bahía del lago, bastante lejos del internado. Entonces dejé la bicicleta en el suelo y me acerqué sigilosamente. Estaban besándose. Ella lo llamaba Niko.

No supe qué pensar durante una semana. Por supuesto que estaba furioso con el tipo y con ella, pero después me dije que todavía necesitaba tiempo y que ya llegaría mi turno, y prefería que se besuqueara con el flacuchento y no con el cabrón, pero debo reconocer que estaba un poco decepcionado.

Les pregunté a mis papás qué opinarían de alguien que saliera con dos o más personas al mismo tiempo. Mi papá me dio una palmada en la nuca y dijo que no debía ocurrírseme semejante porquería, que eso solo traía problemas. Creyó que yo estaba pensando tener algo con dos chicas al tiempo, pero mi mamá entendió a qué me refería y, cuando estábamos solos, me dijo: "Lennart, a eso se le llama una 'zorra', o una *femme fatale*, si tiene dinero".

Entonces lo busqué en Google y determiné que mi chica era una *femme fatale*.

Ella estaba teniendo dificultades en el colegio, algo relacionado con un profesor y unas compañeras. Me enteré un día que pasó por el pueblo e iba hablando por celular con una amiga, la tal Jenny. Mencionó los nombres Kati y Nicole. Después hice mis averiguaciones. Uno tiene que saber arreglárselas, por supuesto. La hija de nuestros vecinos estaba haciendo una práctica en la secretaría del internado. Le pregunté inocentemente por su trabajo y la conversación se alargó eternamente; fue agotadora pero al final averigüé quiénes eran las tipas esas, Kati y Nicole, y cuáles eran sus habitaciones, pero no me atreví a preguntar por el nombre de mi chica porque seguramente habría empezado a tartamudear y me habría puesto rojo como un tomate.

Les di una lección a las personas que le estaban haciendo la vida imposible a mi chica. Al galán ese del profesor le mandé una carta a su casa, dirigida a su esposa, con letras recortadas del periódico. También les di su merecido a las dos compañeras, y a mi enemigo mortal, Míster

Músculo. Unos días antes de las vacaciones de verano me lo encontré. Él iba corriendo, yo en la moto, y su sonrisa despectiva me fastidió tanto que le cerré el camino. Entonces se me ocurrió la idea de incitarlo contra el flacuchento. "¡Cabrón! —le grité—: ¿sabías que tu novia anda con Niko?".

Él se quedó boquiabierto, inmóvil durante varios segundos y, cuando echó a correr detrás de mí con los puños cerrados, aceleré y le eché una carga de mugre en la jeta con el neumático trasero.

Después me hice una paja en la casa.

La eché mucho de menos en las vacaciones. Los pensamientos más absurdos me venían a la cabeza: ¿estaría besuqueándose con un amante en Italia? ¿O bailando con un cubano? ¿Qué le gustaba? ¿Cómo podía yo superar al musculoso y al flacuchento? Correr no era suficiente. Tenía que poder ofrecerle algo muy especial. Pero ¿qué? ¿Qué? ¿Qué? ¿Qué? Maldición, no se me ocurría nada.

A medida que se acercaba el final de las vacaciones fui un par de veces al internado a buscarla. Cuando me veía el conserje, salía a perderme. "¡Propiedad privada!", me gritaba, como queriendo decir que yo no era lo suficientemente decente para pisar la hierba que pisaban los distinguidos estudiantes. Entonces esperaba en la estación a que bajara del tren, o en la avenida de los álamos, durante horas. También iba a su bahía romántica en el bosque, con una fotografía que le tomé un día secretamente.

Entonces hubo otra casualidad: justo una semana antes de que terminaran las vacaciones —yo estaba trabajando en el taller— la vi caminando por el pueblo con su amiga. Llevaba días esforzándome por encontrarla,

¡y de repente la veo paseándose en mis narices! Me armé de valor y le dije a mi instructor: "Esa es mi chica". Él me hizo un guiño y me dio una hora libre.

Ella quería entrar a la tienda de la abuela de Mandy, pero estaba cerrada, y entonces pensé que esa era mi oportunidad. Puedo mostrarle lo que soy, cuánto la quiero, lo que haría por ella...

Me presenté finalmente, y ella también: "Lulú".

Increíble. ¡In-cre-í-ble! Por fin sabía cuál era su nombre: Lulú... Nunca se me habría ocurrido. El corazón me latía a mil.

Le abrí la puerta de la tienda, lo cual no fue muy difícil, y la invité a comer pizza.

¿Ella? Dijo que no, sencillamente. Me había tenido casi dos años en vilo ocultándome su nombre. Yo había encontrado su llave, había pensado en ella permanentemente, me había hecho una paja mil veces pensando en ella, la había defendido de sus enemigos... y va y me rechaza. Habría podido ser algo muy grande, pero Lulú me decepcionó terriblemente. Al final sí era una "zorra" y no una *femme fatale*. Quemé su fotografía.

Era evidente que no podía quedar impune, ¿no? Se merecía un castigo.

Mi tío es carnicero y me dio lo que necesitaba.

Capítulo **11**

EN TODOS LOS AÑOS que llevaba en la Casa Lombardi Lulú solo había estado dos o tres veces en el parque de *skate*. Para llegar ahí había que atravesar un bosquecillo, de no más de treinta pasos, cuyos suelos pantanosos acogían a millones de mosquitos, y Lulú detestaba a esos odiosos chupasangre. Los monopatines no eran lo suyo tampoco. Si se montaba en uno, tenía la sensación de que se balanceaba en una cuerda floja entre dos edificios y, cuando iba de espectadora, se aburría como si estuviera leyendo un libro de biología sobre el complejo sistema digestivo de las vacas.

Sin embargo, eso no tenía importancia ese día. Tan pronto reconoció a Simón en la fotografía de la tienda de la abuela de Mandy, llamó a Jenny y le preguntó dónde estaba. "Con Simón, en el parque de *skate*", respondió Jenny, y Lulú no perdió ni un segundo, pidió prestada la fotografía y se largó.

Niko casi no podía seguirle el paso.

—Espérame. ¿Por qué vas tan rápido?

—Sabía que había algo raro en Simón, y ahora se comprueba que tenía razón. Jenny tiene que enterarse.

—¿Enterarse de qué?

—Pues de que Simón era el amante secreto de Mandy, la chica desaparecida.

Iba cada vez más rápido, tanto que Niko no pudo seguirla más. Había que tener una condición muy buena para seguirle el ritmo a la atlética Lulú en un húmedo día de agosto. Lars habría podido; Niko no pudo.

—¡Nos vemos allá! —le gritó Lulú a Niko antes de salir disparada.

Después de un minuto, Niko no era más que una figura pequeña, y tras dos minutos ya había desaparecido de vista.

Simón estaba mostrándole unos saltos espectaculares a Jenny cuando llegó Lulú. Pensar que su amiga había pasado sola tanto tiempo en el bosque con ese tipo tan raro, que ocultaba un secreto… No, mejor no pensar en eso.

Sin dignarse mirarlo, Lulú se sentó junto a su amiga en una de las bancas de madera que estaban dispuestas alrededor del parque.

—¿Dónde te habías metido? —preguntó Jenny.

—Tuve un par de charlas interesantes —respondió Lulú con una evasiva deliberada, pues no quería hablar del encuentro con Kati esa mañana ni de la conversación con Lars en el bote. Eso no era importante ahora. De momento, solo importaba abrirle los ojos a Jenny—, y hace una media hora me cayó esto en las manos.

Le dio la fotografía de Simón con Mandy y esperó unos segundos para que Jenny observara la imagen.

—¿Qué dices? —interrumpió finalmente el silencio de su amiga.

Jenny le devolvió la fotografía.

—No sé por qué me muestras esto.

—¡No puedes estar hablando en serio!

—Sí. No entiendo.

Lulú respiró profundamente.

—Es una fotografía de Simón con…

—Yo sé quién es. Su fotografía estuvo un tiempo en la cartelera del colegio, pero eso fue hace más de un año, y esta fotografía debe de ser más vieja. Yo no estaba con Simón en esa época. Si lo que quieres es decir que me engañó...

Lulú se agarró el pelo:

—¡Jenny! No es eso.

—¿Entonces qué?

—Es evidente —gritó Lulú—. *Tu* novio, del que estás *embarazada*, tuvo algo con una chica que *desapareció sin dejar rastro*. ¿Realmente tengo que explicar más claramente lo que estoy pensando?

Jenny necesitó un momento para entender la advertencia de Lulú.

Cuando comprendió, se puso furiosa.

—¿Cómo puedes acusarlo de semejante cosa? Eres mi mejor amiga.

—Precisamente por eso. Soy amiga *tuya*, no de él y, si yo fuera tú, le haría unas cuantas preguntas. Mira, Jenny, es posible que la tal Mandy hubiera quedado embarazada de Simón en esa época y que él... que él la... la hubiera presionado para que abortara... pero que ella no hubiera querido, que estuviera confundida... o es posible que él mismo... y ahora él está en la misma situación.

Jenny había mirado a Lulú con ojos cada vez más irritados, pero su rostro se desfiguró totalmente después de las dos últimas frases de su amiga. Lulú nunca la había visto tan descompuesta.

—¿Estás loca? Llegas corriendo como si te persiguiera un tsunami, me muestras una fotografía como las que se ven por todas partes hoy en día, ¿y de repente resulta que Simón es un asesino? Peor aún: *¿mi* asesino?

Simón había seguido haciendo sus saltos durante la conversación de las dos chicas, pero el estallido de furia de Jenny lo había desconcentrado. Entonces dejó a un lado la tabla e intervino:

—¿Qué pasa?

—Esto —dijo Lulú y le mostró la fotografía—. ¡*Esto* es lo que pasa!

Simplemente no podía soportar a Simón, y ahora, con el descubrimiento de la fotografía, sentía que su desconfianza quedaba justificada. Por supuesto que había una vocecita que le gritaba que podía estar equivocada, pero era demasiado suave, y había llegado demasiado tarde. No era posible retirar tan fácilmente un reproche que ya había lanzado al mundo; por el contrario, este era como un espíritu que había salido de la botella y del que ya no podía salvarse. No podía dar marcha atrás sin quedar mal. Tampoco quería hacerlo, en realidad.

—Nos ocultaste que conocías a Mandy —dijo Lulú—. Jenny no lo sabía. La familia de Mandy tampoco. ¡Reconoce que saliste secretamente con ella!

Simón miró la fotografía un buen rato sin decir nada. Tenía que resultarle conocida ya que se trataba de una *selfi*, pero actuó como si fuera algo totalmente nuevo... o como si se hubiera olvidado de que existía.

—Mandy era algo especial —dijo en voz baja, sin apartar la mirada de la fotografía—. Me caía bien. Se merecía algo mejor que...

—¡Que alguien como tú! —gritó Lulú, y una mano se posó en su hombro en ese instante.

Había llegado Niko y su gesto bastó para tranquilizarla. Qué bien se complementaban: él sosegaba su carácter, demasiado apasionado a ratos; ella sacudía su ser, a veces demasiado razonable y romántico.

Por un instante Lulú se olvidó de todo lo que la rodeaba; solo existían Niko y ella. De alguna manera sus ojos lograron decirle que debía replegarse un poco, pero sin el menor reproche. La tomó de la mano.

—No salí con ella —dijo Simón, interrumpiendo aquel momento especial—. Solo éramos amigos.

—Seguro —repuso Lulú, pero una presión suave y casi imperceptible de la mano de Niko le hizo añadir—: Simón, tienes que reconocer que eso no es lo que parece en la fotografía.

Sin embargo, el apaciguamiento de Lulú había llegado demasiado tarde. Jenny estaba furiosa.

—Yo le creo a Simón —gritó—. Si dice que él y la tal Mandy eran solo amigos, entonces así fue, y lo que acabas de hacer es inaudito, por decirlo amablemente. No eres *miss* Marple[6], Lulú. No puedo soportar más tu suspicacia interminable. ¿No te das cuenta de lo que estás diciendo? Ven, Simón, ¡nos vamos!

—Espera, Jenny —gritó Lulú, pero su amiga no la oyó.

¿Cuál de las dos era la de las anteojeras? ¿Jenny, que parecía confiar ciegamente en Simón, o ella misma, Lulú, que lo creía capaz de cualquier cosa, incluso de lo peor?

---

6. Personaje creado por la escritora británica Agatha Christie. Descubre muchos casos policiales imposibles.

Ritchie

NO SÉ POR QUÉ LARS odiaba tanto a Simón, pero lo odiaba. ¿Es tan importante el porqué? Típica pregunta de adultos, de papás… ¿Por qué hiciste? ¿Por qué no hiciste? Él habrá tenido sus razones. Todos tenemos nuestras razones, pero no tenemos por qué decírselas a todo el mundo, ¿o sí? En el último año Lars me dijo en algún momento que ya no se lo aguantaba. Entonces se pelearon y Lars le dio una paliza.

***

Mierda, a lo mejor era simplemente una cuestión de carácter, de química. Hay personas que no pueden ni olerse. Les pasa a los viejos y también nos pasa a los jóvenes, pero en vez de aceptarlo y no meterse, los papás y los profesores hacen todo un espectáculo y nos dan sermones y discursos sobre pedagogía, para luego inventarse unas medidas absurdas. Es ridículo. Eso hicieron con Lars y Simón, les pusieron unas tareas que solo podían resolver juntos y cosas así. ¡Ahora vemos para lo que sirvió! Felicitaciones, pedagogos del mundo.

***

Está bien, no le demos más vueltas al asunto. Simón era un perdedor, un marginado y un flojo para el fútbol; cero talento deportivo. El monopatín se le daba bien, es cierto, pero seamos sinceros, los que se dedican a las tablas no son buenos para el deporte de verdad y su actitud en general… Nunca sostenía la mirada, siempre se largaba, casi nunca hablaba. Parecía un sepulturero. Antes de que empezara a salir con Jenny se apartaba siempre y se la pasaba solo, y las cosas tampoco cambiaron mucho después. Lars odiaba a los débiles y especiales. Eso es todo y todos los disparates que dicen ahora sobre esta enemistad, para buscar misterios donde no los hay, son pura mierda.

***

Yo lo sé. Uno encuentra un amigo como Lars una sola vez en la vida. Nosotros nos contábamos todo, hacíamos todo juntos… Bueno, casi todo. Algunos idiotas dicen que Niko era su mejor amigo: mentira. Primero, él andaba con Niko solamente porque también había tenido una infancia de mierda, como Lars. Segundo, Niko hizo algo que un mejor amigo nunca haría: lo traicionó.

***

Eso de que Lars solo hablaba de su infancia con Niko no es cierto. En las vacaciones de Pascua del año antepasado, poco antes de que empezara a salir con Lulú, Lars vino conmigo a donde mis papás. Ellos están un poco locos, andan en la onda ecológica, vegetariana y ese rollo. Había huevos de Pascua por todas partes y mi hermanita no hacía más que dar la lata, pero a Lars le gustó el asunto, aunque a mí me costara entenderlo. En fin, el caso es que el Viernes Santo nos fuimos al bosque con dos botellas de vodka y, cuando ya estábamos borrachos, se transformó de repente... se puso pensativo... me dijo que yo no sabía lo afortunado que era de tener una familia y entonces me contó.

***

El papá los abandonó a él y a su mamá cuando tenía cinco años. El tipo era un fanático del deporte, participaba en todas las competencias europeas de Ironman hasta que Europa se le quedó pequeña de repente. Entonces se fue a Estados Unidos y llamó a la mamá de Lars para decirle que se quedaría a vivir ahí. Muy fuerte, ¿no? Le mandaba dinero todos los meses, unos trescientos euros, para el mantenimiento de Lars, pero eso se acabó también. De repente dejó de preocuparse por ellos y empezó una vida completamente nueva, y la mamá de Lars empezó a deprimirse. Primero aguantó relativamente bien un par de años, pero cuando él tenía diez años ella trató de suicidarse. Él alcanzó a encontrarla a tiempo antes de que se desangrara.

***

Después volvió a intentarlo dos veces. El día siguiente al decimotercer cumpleaños de Lars lo logró finalmente.

***

Sus abuelos no podían recibirlo; se sentían desbordados con su educación. Su papá se había casado con una fanática del deporte, una excorredora de fondo, creo, y ahora vivían con sus hijos en Texas y Lars habría sido un estorbo. Así fue como llegó al internado y creo que se sentía contento con esto. Mejor vivir en el internado que con una abuela que no quiere tenerte o con una madrastra en la llanura, ¿no? Al menos eso fue lo que le dije.

***

Esa noche en el bosque, botella de vodka en mano, fue la única vez que hablamos de eso. Uno no quiere andar removiendo una mierda como esa. No sirve de nada y lo mismo podría decirse ahora, que andan removiendo tanta mierda, y ya basta.

***

¡Ah!, una última cosa: yo estaba de parte de Lars. Siempre lo estuve. Todavía lo estoy. Al que no le guste, que no pregunte. No cambiaré de opinión nunca, dentro de diez años tampoco.

Capítulo **12**

LULÚ ESTABA CON NIKO a la orilla del lago, en un lugar sombrío, en la bahía, donde alguien había dejado una vela y una fotografía de Mandy. Su cabeza reposaba en el pecho de Niko, él le acariciaba el pelo. No dijeron nada por un rato, pero cada uno sabía lo que estaba pensando el otro. Lulú se preguntaba si no se habría pasado y habría perdido a su amiga. Niko pensaba en cómo aclararle, sin herirla, que su reacción había sido impulsiva y agresiva.

—Dilo ya —susurró ella, pero como para que él pudiera oírle—. Lo que hice fue una cagada.

Niko no la contradijo, no dijo nada. Le acarició el pelo con las dos manos.

—Sencillamente no lo pensé —continuó Lulú—. Cuando vi la fotografía... tuve miedo, por Jenny. Siempre siento miedo por ella. Si él es el tipo que yo creo que es, quedó advertido. ¡A lo mejor está loco! Ya se han visto casos. Es posible que justo en este momento... —Se estremeció y se incorporó—. Tengo que ir a la policía. Tienen que enterarse de lo de la fotografía. Así le harán un interrogatorio y...

—Chist —dijo Niko y le puso un dedo en los labios—. Calma.

—Pero...

—Ningún pero. La policía habló con Simón en ese entonces. Yo estaba ahí cuando lo sacaron del salón. Regresó un cuarto de hora después. Supongo que ellos encontraron la fotografía, igual que tú, y tenían un par de preguntas, y él parecía haberlas contestado.

—¡Niko! ¿Por qué no me lo dijiste?

—¿Acaso me diste oportunidad? Saliste disparada como un cohete antes de que pudiera decir esta boca es mía.

Lulú suspiró y dejó que Niko la atrajera suavemente hacia sí. Volvió a apoyar la cabeza en su pecho.

¿Cómo había podido alterarse al punto de sospechar lo peor del novio de su amiga? Acusar a alguien de asesinato era cosa seria, pero a pesar de lo que Niko acababa de contarle sobre el interrogatorio, seguía pensando que era posible que Simón tuviera algo que ver con la desaparición de Mandy... Claro que los policías no eran tontos; ellos sabían lo que hacían y, si habían dejado tranquilo a Simón, sus razones tendrían.

O no. ¿Cuántas veces no habían dejado en libertad a personas que le habían acuchillado el abdomen a alguien al día siguiente? Eso salía todo el tiempo en la tele, tanto en las series como en los noticieros.

—¿Por qué no puedo soportar a ese tipo? —pensó Lulú en voz alta.

—Porque él es diferente —respondió Niko.

Entonces ella estiró el cuello hasta encontrarse con la mirada de Niko.

—¿Qué quieres decir?

Él se tomó unos segundos para contestar.

—No lo tomes a mal, Lulú, pero tú te entiendes mejor con las personas que no se salen de la fila. Las que compran la misma ropa, escuchan la misma música, adoran a los mismos ídolos. Simón no es así, es diferente, pero puede ser un buen tipo de todos modos. Tú no ves su carácter sino solo lo demás. Eso no le importa a Jenny, y eso pasa cuando uno está enamorado.

Lulú se quedó pensando mientras contemplaba las copas de los árboles y el cielo de finales de verano. Repasó los acontecimientos del día: la discusión con Lars, la confrontación con Simón… Todo aquello le oprimía el pecho como una roca y, además, ese calor insoportable e interminable. Era uno de esos días que uno desea que terminen de una buena vez. La cercanía de Niko era lo único positivo.

De repente, al pasear la mirada por la orilla del lago, vislumbró una figura a unos cincuenta metros, entre los árboles.

—¡Maldición! —se quejó e incorporó el torso—. ¿Ves al tipo ese que está mirándonos? Es el chico irritante del pueblo. Leon… Lennart… o qué sé yo. Es un idiota. Me tiene harta.

Niko se levantó.

—Voy a hablar con él —dijo con decisión.

—No, deja así —le pidió Lulú—. No quiero más peleas por hoy. Mejor vámonos.

—Tenemos que pasar por su lado de todos modos.

Cuando llegaron al lugar desde donde Lennart los había observado ya no había rastro de él. Lulú no lograba sacudirse la sensación de que se había escondido en alguna parte cercana y esto la inquietaba. Hasta hacía apenas un par de semanas no había pensado nunca en él y ahora le producía ira. Es más, le daba miedo, aunque le costaba reconocerlo. Ella podía medirse físicamente con aquel grandullón escuálido, pero los acosadores no solían atacar directamente, sino que intimidaban a su víctima con toda clase de trucos psicológicos.

Si sentía un murmullo, se daba la vuelta. Al pasar junto a un arbusto espeso, lo escudriñaba atentamente. Si un pato chapoteaba en el agua, tenía que asegurarse de que no era el chico del pueblo, pero no pudo encontrarlo por ninguna parte, y la verdad era que habría preferido que se dejara ver a tener que sospechar que estaba cerca y podía aproximarse sigilosamente.

Pero ¿para qué iba a acercársele sigilosamente? ¿Qué más podía hacer, aparte de espiarla? Ella no estaba sola, Niko estaba ahí, y él irradiaba tranquilidad y seguridad, como de costumbre. Seguro que él no había vuelto a pensar en el chico y estaba en otra parte mentalmente... componiendo una canción o pensando en cómo pasarían la noche.

Todavía estaban en el bosque, a unos cien metros del edificio del internado, cuando Lulú oyó unos pasos que se acercaban agitadamente.

—Si es el tipo ese... —dijo furiosa.

Se detuvieron. La atmósfera se había tensado de repente y Niko también lo había sentido. Si alguien corría a esa velocidad por el bosque era para escapar de algo... o perseguir a alguien.

El bosque era especialmente denso en ese punto, montones de arbustos y troncos caídos obstaculizaban la vista. Lulú y Niko se quedaron quietos, se tomaron de la mano y esperaron.

—¡Auxilio!

El grito en el bosque sobresaltó a Lulú. Miró a Niko con los ojos abiertos de par en par.

—Es... es la voz de Jenny —susurró.

Segundos después Jenny apareció frente a ellos, respirando pesadamente, pálida y descompuesta, como si hubiera visto al diablo.

—¡Huyan! —gritó.

Sí; YO LO VI TODO desde la orilla del lago. Había llegado a la Casa Lombardi media hora antes. Todo estaba muy tranquilo, como siempre, y eso me gusta normalmente; pero ese día... Tal vez sonará poco creíble, pues uno puede decir cualquier cosa posteriormente, pero el caso es que ese silencio no me gustó ese día. Era un silencio depresivo. Aunque esa no es la palabra correcta. Era violento. ¿Puede decirse eso? ¿Un silencio violento? Unas nubes negras surcaban el horizonte y a lo lejos se oía una pelea entre una chica y un chico. Desde mi ventana vi a Lars que se paseaba de un lado a otro frente a la cafetería, como un tigre enjaulado. Había una tensión agresiva en el aire y, antes de que hubiera intercambiado una sola palabra con nadie, ya se me habían quitado las ganas de que empezara el nuevo año. ¿Qué me depararía? Con esta pregunta en mente salí en algún momento.

Me fui a caminar por ahí. Vi a unos compañeros que estaban chapoteando en la orilla del lago, pero no tenía ganas de unirme a ellos.

Pues sí... y entonces... Todavía recuerdo que un segundo antes de que sucediera, estaba pensando en lo que haría el año siguiente, después de graduarme, y en que a lo mejor me gustaría estudiar Medicina.

Cuando vi al profesor Petzold echado en la hierba no se me ocurrió que pudiera estar muerto... A lo mejor estaba haciendo ejercicio o durmiendo. Me disponía a darme la vuelta para regresar cuando vi la sangre. Tenía el estómago bañado en sangre. Mi primerísimo impulso fue gritar, pero de alguna manera logré tragarme el pánico y marcar 123. Solo después le tomé el pulso. Nada.

Curiosamente, solo medio minuto después se me ocurrió que, si había un cuerpo acuchillado, también debía haber alguien armado con un cuchillo y malas intenciones rondando por ahí.

Apenas comprendí esto ya no había nada que pudiera mantenerme junto al cadáver. No quería estar sola, pero tampoco quería meterme al edificio. Me sentía más segura afuera y corrí hacia el lago, hacia mis compañeros. Ellos seguían tonteando en el agua. Yo quería gritar: "¡Petzold está muerto!", pero las palabras se me quedaron atoradas en la garganta. En el lago, a unos cien metros, vi a dos nadadores en un duelo, y no sé por qué, pero presentí que era una cuestión de vida o muerte. No podía ver quiénes eran, solo que eran un chico y una chica.

El chico alcanzó a la chica, forcejearon, la chica logró liberarse y siguió nadando, entonces el chico volvió a perseguirla hasta que volvió a alcanzarla.

Mis compañeros no se dieron cuenta de nada y, si lo hicieron, creyeron que se trataba de una persecución inofensiva de una parejita ebria. Todos reían, bebían, festejaban, mientras alguien luchaba por su vida allá a lo lejos en el lago.

"Ay, Dios —susurré para mis adentros, una y otra y otra vez, unas veinte veces—. Ay, Dios".

Entonces la chica desapareció en el agua.

Capítulo **13**

LULÚ Y NIKO acribillaron a preguntas a Jenny: que qué pasaba, que por qué corría así; pero después de haberles gritado "Huyan", ella no pudo decir una sola palabra más, al menos ninguna que pudiera aclarar algo. Sacudía los brazos enloquecida y señalaba en dirección al edificio del internado. Trató de llevárselos a los dos consigo, pero ellos la siguieron solo un par de metros, con reticencia, hasta que se detuvieron y le preguntaron por qué.

—Petzold —dijo Jenny finalmente, después de media eternidad.

—¿Petzold? —preguntó Lulú—. ¿Qué le pasó?

—Está… en… en… el suelo… allá… en la pradera… cubierto… de… de sangre.

Niko reaccionó de inmediato.

—Tenemos que ayudarle.

Jenny soltó un grito penetrante:

—¡No!

—¿Por qué no? —preguntó Lulú.

Jenny miró entonces a Lulú con los ojos llenos de espanto y desesperación.

Lulú la sacudió del hombro.

—Dinos, ¿qué pasa?

—Ahí… por ahí está… Lars. Él… le clavó… le clavó el cuchillo a Petzold… en el abdomen… Así no más.

La cabeza empezó a darle vueltas a Lulú. Por un instante le pareció que nada de aquello era real: el bosque, el lago, el calor, Niko y Jenny... Era como un sueño o un juego de video del que podía salirse en cualquier momento.

Cuando volvió a calmarse, tuvo una sospecha.

—Jenny, si es una broma absurda... ¿Quieres vengarte de mí por lo que dije de Simón?

—¡No es ninguna broma! —gritó Jenny, desesperada—. Lars salió a correr por la pradera con un cuchillo de cocina gigante, Petzold trató de quitárselo y entonces Lars... Todo pasó muy rápido. Yo lo vi por casualidad. Luego Lars me vio a mí. Tenía una expresión siniestra, como los locos en la televisión, muy fría. Yo quería volver al edificio, a mi habitación, pero él me cerró el paso y entonces eché a correr al bosque.

Lulú sabía ahora que Jenny estaba diciendo la verdad. Nadie se inventaba semejante historia para fastidiar a alguien, pero todo seguía pareciendo irreal. Lo que Jenny acababa de contar les pasaba a otros, no a uno. Uno leía esas cosas en el periódico, oía las historias, pero no formaba parte de ellas.

Niko la tocó y la sacó de sus pensamientos.

—Está buscándonos —dijo—. Tenemos que irnos.

Apenas dijo estas palabras oyeron el crujido de la maleza, y Lars apareció a pocos metros entre las hojas y las ramas. Tal como había dicho Jenny, llevaba un cuchillo enorme en la mano y en sus ojos brillaba una expresión macabra.

Niko reaccionó tan rápido que Lulú no pudo contenerlo. Se abalanzó sobre Lars con la intención de tumbarlo, pero este era ágil y más fuerte... y derribó de una sola trompada a Niko, que chocó contra un árbol y quedó inconsciente.

Lulú y Jenny quedaron petrificadas por un instante.

—Hablemos, Lars —dijo Lulú—. Podemos hablar de cualquier cosa.

Lars dio un paso adelante sin decir una sola palabra, y las dos amigas se dieron la vuelta y echaron a correr por el bosque.

Las ramas de los arbustos les golpeaban la cara, las espinas les arañaban las piernas. Lulú no sentía ningún dolor. Su piel se sentía como un traje, una funda, que se desgarraba pero no parecía formar parte de ella. Sus piernas tampoco sentían nada, era como si flotara sobre los árboles, pasando junto a los huecos y las raíces, entre los campos de helechos.

Lulú supuso que Jenny la seguía de cerca, pero de repente oyó únicamente sus propios pasos; se detuvo abruptamente y buscó a su amiga. No tardó en encontrarla a unos veinte metros de distancia. Estaba recostada en el tronco de un árbol, contra el cual se desplomó lentamente. Tenía la camisa llena de sangre por el lado derecho.

—¡Jenny! —gritó y quiso correr hacia ella.

Entonces Lars apareció detrás del árbol.

—¿Qué...? ¿Qué hiciste? —dijo Lulú, pero con voz tan baja que era imposible que él la oyera. Quizá la pregunta era más para ella misma que para él.

Él se acercó despacio, sosteniendo el cuchillo ensangrentado con su largo brazo y sin que ella pudiera escapar. Era como si sus piernas hubieran echado raíces en el suelo.

—¿Por qué? —preguntó Lulú, y otra vez—: ¿Por qué?

Cuando él estuvo a un solo paso de ella, le dijo:

—No me abandonará nadie más. ¿Me oyes? Nadie. Ya basta.

Como en cámara lenta, o quizá esa fue la impresión que tuvo Lulú en ese momento, Lars le apuntó a la garganta con la punta del cuchillo. Por supuesto que ella tenía miedo, pero sentía muchas más cosas que no parecían corresponder del todo. Había una resignación insólita, un leve me-importa-un-pepino que brotaba en su interior, además de la preocupación por Jenny y un penetrante sentimiento de culpa, pero todo pasó tan rápido por su cabeza y su corazón que casi no pudo comprenderlo.

Mientras seguía sosteniendo el cuchillo en su cuello, Lars la besó y ella lo dejó besarla. Él estaba enfermo, había perdido el juicio, y ella sabía que no se salvaría. El chico que la había encantado durante meses, al que había amado, el que había hecho volteretas en el aire por ella, ese mismo chico quería matarla ahora.

Al ver de reojo que Lars levantaba el cuchillo, Lulú lo apartó de un empujón que lo hizo tropezar hacia atrás. Entonces encontró finalmente la fuerza y la voluntad para escapar de nuevo, pero esta vez no corrió por el bosque, sino que se lanzó al lago.

Lars la siguió a unos pocos metros de distancia. Llevaba el cuchillo en la boca y nadaba tan rápido como ella, incluso más. Él siempre había sido el mejor nadador, solo que tenía poca resistencia. Si tan solo Lulú lograra aguantar lo suficiente… Se le acercaba centímetro a centímetro. Entonces echó mano de sus últimas reservas. Ella quería vivir, quería vivir, vivir.

¡Jenny! ¿Qué habría pasado con Jenny?

¿Qué habría pasado con Niko?

Lars le agarró el pie de repente y le hizo perder el impulso. Lulú tragó agua, tuvo que toser, resoplar… y perdió la orientación brevemente. Él la hundió en el agua, ella subió a la superficie y lo hundió a él consigo. Extrañamente, Lulú se vio a sí misma y a Lars desde la perspectiva de un pájaro, forcejeando. En alguna parte había oído que eso les sucedía a las personas cuando les llegaba su hora.

Lars se dispuso a agarrar con la mano el cuchillo que sostenía entre los dientes.

Simón

ESTAR JUNTO A SU CAMA DE HOSPITAL, pasar horas sentado a su lado, es dolorosísimo. Se trata más bien de un lecho mortuorio, en realidad. Nunca dice nada, sus ojos permanecen cerrados. No responde a ninguna pregunta, no reacciona a ninguna caricia con una mirada o una sonrisa. Dicen que los pacientes en coma oyen lo que les dices, pero cuesta creerlo cuando son las máquinas y los tubos los que se encargan de que respiren, coman y beban, es decir, todo, pues eso es lo único que hace alguien que está así. Ella está ahí sin estar. Es Jenny, pero también podría ser una muñeca de cera muy bien hecha. Su piel está tan extrañamente pálida e inerte… Cuando sabes lo hermosa que era su sonrisa, lo rápido que comía helado y cómo se concentraba al dibujar, cada visita se siente como mil punzadas. Extraño su ceño fruncido cuando se enfurecía, la imagen de sus brazos cuando se peinaba…

***

Voy todos los días a verla, aunque no puedo dejar de llorar y es probable que eso no le ayude. A nadie le gusta que vaya: a mis papás porque falto al colegio y a sus papás porque piensan que siempre fui una mala influencia para su hija. Es más, el que me permitan visitarla tiene dos motivos.

Primero, que se aferran a cualquier cosa y esperan que algún día logre llegar a ella, y que vuelva a abrir los ojos para mí. Segundo, que soy el papá del hijo que crece en su vientre. Es un niño, y uno muy fuerte, pues de lo contrario no habría resistido hasta hoy.

***

El mundo entero cree que yo no quería tenerlo y que por eso nos peleamos. Ese día en que mi vida quedó puesta de cabeza… y la de Jenny casi terminada… y le costó la vida a otras tres personas. Dios. No puedo dejar de llorar cuando vuelvo a pensar en eso. Lo siento.

***

Yo dejo que crean lo que ellos quieran. Para los papás de Jenny sería una conmoción, demasiado fuerte probablemente, si les revelara el verdadero motivo de nuestra discusión: a saber, que era yo el que quería ser papá a toda costa y que fue Jenny la que me dijo que quería abortar. Sus papás son bastante católicos y no habrían podido aceptarlo. Aunque se lo hubiera revelado… ellos habrían pensado que eran mentiras mías y lo mismo puede decirse de mis compañeros de la Casa Lombardi. Como no les caigo bien, lo lógico es que sea un mentiroso. Peor aún, para ellos, yo soy el culpable de que Jenny esté en coma.

***

A lo mejor sí lo soy. No lo sé.

***

Aquel día de agosto, después del ataque absurdo de Lulú en el parque de *skate*, me fui con Jenny a la cafetería. Todavía puedo verla perfectamente, comiendo sin apetito las albóndigas en salsa de alcaparras con arroz y ensalada, y me miró de repente y me dijo: "Voy a abortar".

Me quedé boquiabierto. "No puedes hacer eso", le dije, y entonces hablamos del tema, bastante calmados al principio, y después, bueno… no tan calmados. Es cierto que fui yo quien empezó a subir la voz, y ese no es mi estilo, pero estaba decepcionado de Jenny por haber tomado esa decisión y, sobre todo, por la manera como la había tomado… sin mí, pero no fue solo eso. Cuando estoy decepcionado me encierro en mí mismo, me pongo los audífonos, leo un libro. El que haya gritado tiene otra explicación, y es que tenía la sospecha de que su decisión tenía que ver con las acusaciones de Lulú, al menos en parte. Ella me había defendido frente a su amiga, pero creía que algo le había quedado sonando, de todos modos. Ya desde antes estaba insegura de si quería tener el bebé o no, y de repente llega Lulú y me señala como el principal sospechoso de un asesinato. Eso fue decisivo… tal vez. Al menos esa era mi sensación y estaba furiosísimo. Jenny no mencionó el nombre ni una sola vez, pero yo sentía que Mandy había estado en el salón todo el tiempo.

El caso es que empeoré todo con mi furia. Jenny se puso terca, yo me puse terco, los dos gritamos, ella se levantó y salió, yo la seguí y seguimos peleando afuera… Entonces ella se marchó en algún momento, y yo, de idiota, la dejé ir. Lo último que me gritó fue: "Vete al diablo".

Yo no se lo tomo a mal, pues esa no era su intención. Lo trágico es que fue ella la que corrió directamente a los brazos del diablo.

***

Yo había dicho la verdad: Mandy y yo éramos solo amigos. Nos conocimos por casualidad en la tienda de su abuela y, después de un minuto, sentimos que los dos éramos unos marginados, cada uno a su manera. Eso nos unió, pero nada más. Algo que fuera más allá de la amistad no era una opción para nosotros, aunque los dos estábamos solteros en ese momento. Simplemente nos sentábamos a charlar, una vez a la semana o algo así. A diferencia de mí, Mandy no lograba conformarse con ser una marginada. Ella quería pertenecer, pero no a la comunidad del pueblo ni a su familia campesina… Ella soñaba con la vida de la ciudad, con amigos internacionales y playas lejanas. Una vez me dijo que le gustaría casarse con un futbolista profesional, un tenista, un piloto de carreras o algo así. Le gustaban los tipos atléticos y, si además tenían dinero…

Quizá fue eso lo que la sedujo de Lars. Su papá vivía en Estados Unidos, supuestamente era una especie de Supermán, y a Lars le encantaba lucir los regalos que le llegaban del otro lado del Atlántico: relojes carísimos, una tabla de surf último modelo, la bicicleta todoterreno… Yo fui el único al que ella le contó que andaba con Lars. No me permitió decírselo a nadie. Me hizo jurarlo incluso. No, no sé si todo el misterio era por ella o por él, cualquiera de los dos. No me extrañaría que Lars quisiera tenerla para él solo. Se reunían únicamente en un lugar aislado, como si Mandy fuera un tesoro extraordinario del que no podía enterarse nadie, pero ella... no parecía segura de que él fuera el indicado. Estuvo fascinada durante un tiempo, pero se le pasó después de un par de meses. Un día me dijo que iba a terminarle.

Después desapareció súbitamente.

***

Confronté a Lars, por supuesto. Discutimos acaloradamente y llegó incluso a pegarme porque yo no quería ceder. Luego el muy cabrón se fue a la policía y les dijo que me había visto con Mandy. Eso me trajo muchos problemas. Los policías encontraron la fotografía en la que estoy con Mandy y, cuando yo quise darle vuelta a la tuerca y les hablé de su relación con Lars, los policías creyeron que quería vengarme. No había ninguna prueba de que hubieran estado juntos. Entonces, en el colegio nos pusieron a Lars y a mí a trabajar juntos en unos proyectos que debían fomentar nuestro espíritu de equipo, pero eso no sirvió de nada. Lars me fastidiaba cada vez que podía. Por supuesto que yo habría podido gritar a los cuatro vientos que él había salido con Mandy, pero nadie me habría creído y eso solo habría hecho que mi situación empeorara. Además, Lars ya estaba con Lulú en ese momento y yo no quería perjudicar a la amiga de Jenny. Yo ya estaba enamorado de ella para entonces...

***

Mandy está muerta. De eso estoy seguro y Lars la tiene sobre su conciencia, él y nadie más. Después de lo que pasó con Lulú, no me queda ni la menor duda.

***

La verdad… todo eso me trae sin cuidado. Puede que suene fatal, pero sin Jenny, mi Jenny viva y sonriente, soy un hombre a medias; ya no puedo sentir casi nada. Todo me da igual, excepto ella, y me hace tanta falta, precisamente, porque yace delante de mí y puedo tocarla… Esta chica a la que tomo de la mano no es más que un espíritu al que maldigo en silencio y solo puedo soportarlo porque es él quien me traerá al mundo nuestro hijo. A lo mejor tendré que soportar a este espíritu, esta funda, durante muchos miles de días, pero no hay días suficientes para hacerme perder la esperanza de volver a tener conmigo a mi Jenny.

Capítulo **14**

LULÚ NO SUPO cómo había logrado escapar de Lars. Lo último de lo que se acordaba era que había tomado aire profundamente y había nadado por debajo del agua hacia alguna parte. Después había perdido el conocimiento. Se despertó entre las ramas de un sauce caído. Todo estaba oscuro a su alrededor, había perdido la noción del tiempo. En los primeros minutos se sintió completamente aturdida y solo poco a poco empezó a hacerse ligeramente consciente de lo que había pasado, pero entonces volvió a sentirse desorientada y no podía pensar con claridad. La conciencia de las verdaderas dimensiones de la tragedia fue filtrándose lentamente en su memoria, como una infusión, hasta bien entrada la noche. Ahora ya no estaba junto al lago sino en el bosque. Unas voces agitadas le llegaban desde muy lejos…

Imaginó los botes surcando el lago, a los policías registrando la orilla, a la gente buscándola con reflectores y linternas. Habría ambulancias y autos de bomberos delante del colegio, y sus luces rojas y azules brillarían sobre el agua y la hierba. Se le informaría al rector y probablemente también a algún alcalde al que no habían visto nunca en el colegio, y unos cuantos papás horrorizados recogerían a sus traumatizados hijos esa misma noche.

¿Estaba en *shock*? No estaba segura. Lo único que sentía era un vacío inmenso. Quería llorar pero no podía. Pronunciaba los nombres de Jenny y Niko una y otra vez, pero no lograba sentir nada por más que se esforzara. Era como si su corazón hubiera quedado envuelto en hielo y además le hubiera caído un rayo en la cabeza.

Lo primero que sintió después de un largo rato fue desprecio, pero no hacia Lars. Era un odio dirigido a ella misma, por un lado, porque no podía llorar, alterarse, espantarse; por el otro, porque se culpaba de lo que había sucedido hacía unas horas.

Era una noche templada y los mosquitos la devoraron sin que opusiera resistencia. Se lo tenía merecido, pensó: morir a punta de picadas de mosquitos y luego devorada por las hormigas.

De una extraña manera deseó que la tierra se la tragara realmente y escapar así de la culpa. "No debí haber ilusionado a Lars durante tantos meses —se dijo—. Debí haber sido más sensible. Debí haberme dado cuenta de que él no aceptaría fácilmente la separación".

Debí… debí… debí…

El que sus errores no pudieran justificar los actos de Lars la tenía sin cuidado. Curiosamente, su propio fracaso le resultaba peor que el ataque de locura homicida de Lars, pues ¿no era ella una persona que lo hacía todo bien? Había sido muy exigente consigo misma y había cumplido sus exigencias casi siempre. ¿No había sido una chica popular, comprometida, bonita, atlética? ¿No sacaba buenas notas en general? Hasta hacía poco el futuro se le había presentado como una larga alfombra roja sobre la cual ella bailaba eternamente, pero se la habían arrancado bajo los pies de un tirón.

¿Qué le habría pasado a Jenny? ¿Estaría viva todavía? ¿Estaría bien Niko? Seguramente estaba preocupado por ella.

Lentamente, Lulú se fue haciendo consciente de que los demás debían creerla muerta o al menos desaparecida, como Mandy, la chica del pueblo. Niko, sus papás, Jenny… estarían desesperados, desconsolados.

En realidad, debía regresar inmediatamente y aclarar las cosas, pero no encontró fuerzas para hacerlo. Permaneció sentada en el bosque, hora tras hora; después en un maizal, desde donde vio el cielo teñirse de rojo y luego de azul claro, y oyó zumbar a los mosquitos…

¿Qué la hacía desistir de continuar su vida tal como la conocía?

Ya no era la misma. No podía ser la misma. Quería reflexionar sobre cómo había podido terminar todo en semejante catástrofe. ¿Qué consecuencias tenía y debía tener?

Niko había vivido un trauma con la muerte de sus papás en el accidente automovilístico. Él también había estado ahí y esto lo había transformado. Le había contado que necesitó un año para lograr al menos aceptarlo hasta cierto punto, para entender algunas cosas y sacar ciertas conclusiones para su vida. Quien no conocía un golpe tan repentino y profundo no podía imaginar lo que significaba para una persona. Lulú tampoco había podido hasta entonces. Eso había cambiado ahora.

Sin embargo, a diferencia de Niko, ella sí había hecho algo para que las cosas llegaran a ese extremo.

Quería irse, largarse a cualquier parte. Por supuesto que también deseaba regresar a Niko, a Jenny, a sus papás, a casa, a todo aquello que le ofrecía seguridad y protección, pero había algo más fuerte: el deseo de estar sola, consigo misma, muy lejos de todos los que querían lo mejor para ella y que tratarían de disuadirla tiernamente; que la llenarían de atenciones y mimos de tanto quererla.

No quería que la protegieran y la consintieran. Era lo último que necesitaba. Ni ella misma sabía qué era lo que necesitaba y quería exactamente, pero ya lo averiguaría.

Lulú se llevó la mano al bolsillo: tenía tres billetes de cien euros, mojados. La mesada que le había dado su mamá. Con eso le alcanzaría.

Se puso de pie, abandonó el maizal y emprendió la marcha hacia una estación de tren que había a unos diez kilómetros. De ahí viajaría a Berlín, donde tomaría el tren de alta velocidad a París. Su amiga Françoise, que había vivido el año anterior donde los vecinos de sus papás, trabajando como *au-pair*, la recibiría con los brazos abiertos. Ahora estudiaba en la Sorbona y tenía un apartamento, pero la mayor ventaja era que Françoise no tenía ni idea de su situación. Las noticias alemanas no llegaban casi a París. Por supuesto que era un plan loco y cruel con todos los que la querían, pero, en realidad, les estaba haciendo un favor, pues estaba visto que solo les traía desgracias a quienes la querían.

Era lo mejor para todos.

Jenny

SEIS MESES… estuve ida todo ese tiempo. Ahora regresé. Dormí mucho, pero ahora estoy de vuelta, y que mi alegría de haber regresado sea mayor que mi furia por el tiempo perdido lo entiende cualquiera.

Aunque… de todos modos, es un poco extraño. Cuando me hirieron y quedé en coma tenía ocho semanas de embarazo, y ahora tengo un bebé en mis brazos. Todo pasó rapidísimo después de que desperté. Mi hijo me devolvió a la vida de alguna manera. Noah, nuestro hijo, superó bastante bien el parto. No le tocó nada fácil. Primero, yo quise abortarlo; después, sobrevivió a la cuchillada, creció dentro de una semimuerta y, al principio, no tuvo una mamá de verdad.

Ahora que Noah está aquí, me alegro de tenerlo. Simón lo ha cuidado amorosamente… y a mí también. Las cosas no serán fáciles, los dos somos demasiado jóvenes, pero sobrevivimos al año pasado, y hoy amo a Simón más que entonces. Antes no lo habría dicho tan abiertamente, pero ahora expreso mis sentimientos sin reservas. Cuando pierdes tanto tiempo como yo, dejas de hablar con rodeos.

De no ser por los muertos, podría decirse que la tragedia tuvo algo bueno, pero están los muertos: Petzold… yo no podía soportarlo desde que trató de meterle mano a Lulú, pero nunca le deseé la muerte. Lars… nunca se me habría ocurrido que pudiera ser capaz de algo así. Uno no piensa algo así de nadie, en realidad, pero Lars no era del tipo marginal; era apuesto, inteligente, y de repente se enloquece y hace algo así. Sí, él trató de matarme, pero aun así me dolió cuando me enteré de que se ahorcó esa misma noche en un granero cerca del lago. Los policías dijeron que amarró tan mal la cuerda que debió de haber sufrido al menos media hora de agonía. Eso me parece terrible. Sé que suena extraño, pero cuando veo a Noah no puedo dejar de pensar en que probablemente no lo habría tenido de no ser por Lars. Simplemente no puedo dejar de pensarlo.

Lulú… Cuando me enteré de lo que le pasó sufrí muchísimo. A Simón le costó contármelo, quería ahorrarme el sufrimiento, pero yo le insistí desesperadamente. Creo que lloré un día entero y Simón también. Es un lloroncito… pero increíblemente amoroso.

***

Niko me visitó un par de veces mientras estaba en coma. Él y Simón se volvieron muy buenos amigos, a lo mejor porque compartían un pasado parecido. El caso es que, cuando desperté, Simón lo llamó al día siguiente y él corrió a verme. Después de unos minutos, durante los cuales hablamos de mí, Niko bajó la cabeza, de repente, para buscar las palabras. Yo sospechaba lo que iba a decir y entonces lo dijo: "Creo que está viva".

***

Para ser honesta, no le creí al principio. Me parecía que Niko se contaba historias para hacerse la vida más llevadera.

Tenía una explicación para todo, incluso para el motivo por el cual ella había desaparecido: "Lulú quiere empezar de nuevo".

A mí me resultaba absurdo, hasta que… más o menos una semana después de que hubiera despertado del coma, recibí una postal dirigida a mis papás. Había solo una carita feliz, nada más, ningún texto, ninguna firma. La dirección estaba impresa, el sello era de París. Muy raro, ¿no? ¿Quién manda una postal sin una sola palabra? ¿Sobre todo cuando el destinatario no sabe quién es el remitente? Yo no conocía a nadie que viviera en París. Entonces dudé si debía llamar a Niko. Lo hice finalmente y me dijo que también había recibido una postal.

—¿Con una carita feliz?

—No, con un *collage*. Se ve el letrero de una calle, Rue de Liège, y un edificio con el número 17. Una flecha pintada con bolígrafo señala la tercera ventana a la izquierda, en el cuarto piso. Me voy mañana.

Simón y yo nos comimos las uñas mientras esperábamos. Entonces, por la noche, poco después de las diez, nos llamó Niko.

—¡Es ella! —gritó por el teléfono—. Lulú… ¡La recuperé!

***

Por supuesto que le di su buena reprimenda por habernos abandonado a todos, y no solo yo. Sus papás, la policía, la Casa Lombardi, todo el mundo…

Salvo Niko. Él la comprendió desde el principio hasta el final. Los dos son definitivamente el uno para el otro.

Lars pudo intuirlo… y no lo soportó.

***

Ni Lulú ni Niko ni Simón ni yo hemos regresado al internado. No volvimos a ver a Kati y a su grupo, por fortuna, y tampoco al extraño chico del pueblo, que más adelante confesó que se había metido varias veces a la Casa Lombardi, por ejemplo, para echar sangre de cerdo en la habitación de Lulú, y que había escrito ese *CRY* en la arena de la bahía del lago.

***

Con esto quedan respondidas todas las preguntas, ¿no? Bueno, faltan dos. Nunca supimos qué pasó con Mandy, la chica del pueblo. ¿La mató Lars? ¿O hizo lo mismo que Lulú y empezó una nueva vida en alguna parte? Eso le deseo, pero es imposible saberlo.

Otra cosa que quedó sin aclararse es lo que Lulú oyó en la orilla del lago en los días previos al ataque de Lars: ese grito extraño y atormentado.

Nunca olvidaremos esos acontecimientos. Fue espantoso, pero, a la vez, nos unió de una manera especial. A mí, a Simón y a Noah. A Niko y a Simón. A Lulú y a Niko.

Pronto iremos a París a visitarlos. Quiero ver cómo viven y poder mirar hacia el futuro finalmente. También me emociona pensar en lo que nos espera, y sé que con Simón y Noah a mi lado tendré la fuerza necesaria para enfrentarlo.